無能令嬢の契約結婚

～未来に捧げる約束～

香月文香

STARTS
スターツ出版株式会社

何よりも異能が尊《とうと》ばれる國《くに》に、その男爵令嬢は異能のない「無能」として生まれてしまった。

しかし、周囲から虐《しいた》げられる彼女の日々は、当代最強と恐れられる異能の軍人伯爵との出会いによって一変する。

此度《こたび》、唯一の妻として愛される少女の前に現れるのは、美しい恋敵《こいがたき》。

何もかもが正反対な恋敵の輝きは少女の目を眩《くら》ませる。

けれども、彼女に向けられる愛に揺らぎはない。

これは少女が自分を受け入れ、夫婦の愛を確かめるまでの物語。

目次

第一章　9
第二章　77
第三章　123
第四章　219
第五章　259
終章　311
あとがき　330

無能令嬢の契約結婚～未来に捧げる約束～

第一章

人間には誕生日というものが存在するのだと、仁王路《におうじ》櫻子《さくらこ》が思い至ったのはたった今のことだった。

「ひと月後には当主様のお誕生日ですわね。奥様からは何を贈られますか？」

「誕、生日、ですか……？」

師走の朝、櫻子の自室にて。女中の霞《かすみ》小鞠《こまり》に言われて、櫻子はぱたりと瞬《まばた》いた。

庭に面した窓の外では、真っ赤な椿《つばき》が冷たい風に揺れている。しかし、赤々と燃える暖炉のおかげで室内は暖かい。

櫻子は鏡台の前に座り、小鞠に化粧を施してもらっているところだった。

鏡の中からは、蘇芳色《すおういろ》のシルクリボンで髪を結い、雪花の柄の小紋をまとった色白の少女が見返してくる。

丸い瞳はいとけない。花びらみたいな小さな唇が可憐《かれん》で、よく手入れされた長い黒髪は艶やかだ。張り切った小鞠に飾られたおかげで、恰好《かっこう》だけは良家の令嬢らしい。

しかし鏡に映った櫻子の顔はどこか所在なげだった。

誕生日。

もちろん、知識としては知っている。その人の生まれた日のことだ。

……以上。

いくら考えてもそれ以上の情報が出てこなかったので、櫻子は実家の相良《さがら》男爵家での記憶を思い起こした。

言われてみれば、誕生日になると相良家では妹の深雪《みゆき》が盛大に祝われていた。両親が満面の笑みで『深雪は我が家の誇りだ』『その異能の強さなら、きっと伯爵や侯爵の殿方に見初められて、相良家を復権させてくれるわ』などと言っていたのを覚えている。

深雪も嬉《うれ》しそうに笑い、『ええもちろん。「無能」のお姉さまとは違うのですもの』と文字通り手のひらから火花を散らして、そばで給仕をしていた櫻子の頬を気まぐれに殴った。

――異能。

通常の人間にはあり得ぬ超常の力。手のひらから火花を生み出したり、強い風を巻き起こしたり、手も触れずに物を動かしたりする。

櫻子の住む『至間國《いたるまのくに》』が、日本の自治州として諸国と対等の地位を築くのに欠かせないのが、至間國の民が持つ異能だった。

至間國民はあまねく異能者であり、その脅威をもって至間國は日本を含むほかの国と渡り合っている。

ゆえに異能が強ければ強いほど、至間國では重んじられるのだ。

それにもかかわらず、櫻子には一切の異能がなかった。発火能力も、念動力も、何一つ持ち合わせていない。

そのため櫻子は相良家で虐げられ、周りに味方は一人もいない日々を過ごしていた。使用人でさえ櫻子を不気味に思って遠ざけたから、誰かの誕生日を祝うという習慣がなかった。

当然、自分の誕生日を祝ってもらったこともないし、そもそも自分の誕生日を知らない。名前からして、おそらく春なのではないかと思うが。

櫻子は、小鞠の持つ筆が紅を塗り終えるのを待ってから、おそるおそる口を開いた。

当主様のお誕生日、それはすなわち櫻子の夫であるところの。

「静馬《しずま》さまにも、お誕生日が、あるのですね……？」

筆を持ったまま、小鞠がきょとりとする。それから一拍置いて噴き出した。

「それはもちろん！　奥様はときどき、おかしなことを仰るのですね」

「そ、そうですよね。当然でした」

櫻子はぽっと頬を赤らめた。小鞠はおかしそうに笑いを噛《か》み殺している。

「ふふっ。確かに、当主様はとても強い異能をお持ちで、お綺麗《きれい》で、伯爵家当主という地位もあって、およそ欠けるところのない方ですから、普通に生まれたと言ってもしっくりきませんね」

「ええと……」

櫻子は口ごもる。そういうわけではなく、単純に誕生日の概念を思い出したのが今なのだが説明のしようもない。

小鞠は櫻子の逡巡《しゅんじゅん》には気づかない様子で、にんまりと笑み崩れた。

「そんな当主様と奥様が出会われたのは、きっと運命だったのでしょうね」

小鞠の言葉は、少なくとも櫻子にとっては真実だった。だから鏡の中の小鞠を見て、まっすぐに頷《うなず》けた。

「はい。私にとっては得がたい縁でした」

虐げられる毎日の中で、緩やかに死んでいくようだった櫻子の運命を変えたのが、一つの縁談だった。

縁談相手の名は仁王路静馬。仁王路伯爵家の次男にして至間國軍務局少佐であり、当代最強と恐れられる異能者。

このあまりに不釣り合いな縁談には、当然のごとく裏があった。

静馬はその強い異能と引き換えに、異能病を患っていた。これは、異能の発動に必要とされる異能力が体を蝕《むしば》み、いずれ持ち主を死にいたらしめる病だ。

普通ならば、異能力の生成量を発散量が上回るため問題ない。しかし、無類の異能者である静馬は異能力の生成力が高く、どうにかして異能力を発散させる必要があった。

一方で、無能と思われていた櫻子には、触れた異能の効力を無効化できる「無を能《あた》う異能」があった。そこで静馬は異能力を発散するために、仁王路家との縁故と引き換えにして櫻子の能力を求めたのだ。

つまりは清々しいほどの契約結婚だったのだが——。

小鞠が頬紅で櫻子の頬を淡く色づけていく。

「今日は待ちに待ったデートですものね！　あの完璧な当主様だって、おめかしした奥様を見たらでれでれになってしまうに違いありませんわ！」

「そうでしょうか……？」

「そうです！　デート、楽しみですわね。活動写真やミルクホールに行くのでしたか」

「は、はい。すごく、楽しみです……」

顔を真っ赤にして櫻子はうつむく。今日は久しぶりに、静馬と街へ出かける予定だった。最終的に行き先を決めたのは櫻子だ。静馬は百貨店や呉服屋に赴いて櫻子に色々買い与えたかったようだが、断った。

しばらく二人で過ごすことができなかったので、たわいなくのんびりしたかったのだ。たぶん櫻子は静馬と一緒なら、何でもない通りをただ歩いているだけで楽しい。

やがて化粧が終わり、櫻子が姿見の前に立って小鞠とともに全身を確かめていると、部屋の扉がコンコン、と叩《たた》かれた。「どうぞ」と答えれば、ゆっくり扉が開かれる。

「櫻子、少しいいか」

姿を現したのは仁王路静馬だった。淡い日差しに輝く白銀の髪に、緋色《ひいろ》の鋭い瞳。異相を極めた美貌の青年は、その長駆を軍服に包んでいる。

櫻子はハッとした。明らかに、今からデートに行きます、という雰囲気ではない。

「どうかされましたか」

静馬はすぐには答えなかった。わずかに目を見開き、じっと櫻子を見つめてくる。視線の強さにたじろいだ櫻子が「……あの?」と問うと、ハッと夢から醒めたように瞬き、それからものすごく申し訳なさそうな、悔しそうな顔になって、苦しげに告げた。

「すまないが、今日の外出は取りやめにしてもいいだろうか。軍務局から急な召出の知らせが来た」

「何かあったのですか」

浮き足立っていた心に冷たい水を浴びせられたようになって、櫻子は顔つきを引きしめる。

一か月ほど前、櫻子と静馬は、軍属の監査機関である『対特殊安全対策部』——通称『暗部』が主導する陰謀に巻き込まれた。その中で、静馬は〈啓示〉と呼ばれる謎の存在に囚われたのだ。ついでに櫻子は三峰遥《みつみねはるか》という男に監禁されてしまい、半死半生の日に遭った。

だが、櫻子はそれよりも静馬の方が気にかかっていた。

〈啓示〉とは、人界の理《ことわり》の及ばぬ異形らしい。いくつもの異能を操り、言語を同じくするのに対話は不可能。いつでも重い闇をまとい、その姿を視認した者はいない。

そんな相手に静馬が目をつけられている方がよほど恐ろしい。

静馬が面持ちをやわらげ、安心させるように微笑む。

「櫻子が心配することは何もない。御門《みかど》が何かしらの未来を視たらしいが、櫻子に関する事項なら、一緒に呼び出しが来るはずだ」

「そうですか……」

櫻子が心配しているのは静馬であって、自分は別にどうでも良かった。だが、これ以上静馬に何かを説明する気はなさそうだったので引き下がる。

御門とは、至間國の君主だ。〈因果決定〉という異能を持ち、この世のありとあらゆる情報を分析し、あまねく事象の未来を見通すことができる。

この國で最も尊い貴人がその異能によって視た未来であれば、よほどの出来事なのだろう。それは確かに、デートどころではない。

「わかりました。どうかお気をつけて」

すんなり首肯した櫻子に、静馬がますます口惜しげに顔をしかめる。

「本当にすまない。この埋め合わせは必ずする」

「いえ、お仕事ですから仕方がありません。どうかご無理なさらず」

ほんの少し残念な気持ちを押し隠して、櫻子は微笑した。

本当は、この日のためにあれこれ準備を整えてきた。活動写真の評判を調べたり、小鞠と着物や化粧品を選んだり、髪型に悩んだり。それはそれで楽しい時間だったけれど、すべては今日という、とっておきの一日が約束されているから輝いていた。

でも今、わがままを言う気には全然ならなかった。

静馬だって休みを取るために、ものすごい勢いで暗部の事件の後始末をしていたのだ。櫻子が起きているうちには顔を合わせる機会もないくらい忙しくしていた。それなのに、また櫻子のために無理をさせてしまう方が嫌だった。

物わかりのいい返事に、静馬の柳眉がきゅっと寄る。櫻子を見下ろし、声を低め、厳かに宣言した。

「いや、必ず埋め合わせをする。僕がそうしたいからする」

「ですが、静馬さまはお忙しいでしょう。私にはお気遣いいただかなくても平気ですから……」

「僕が櫻子のためにすることで、無理など一つもない」

確信に裏打ちされた口調に、櫻子はきょとんとした。

「そうなのですか？」

「うん、認識しておいてくれ」

そんなことがあるのか、と櫻子は首をひねったが、三峰に監禁されたときのことを思い出す。

あのとき、三峰の〈洗脳〉の異能によって周囲の人々は櫻子を忘れてしまったのだった。そんな中で三峰の隠れ家に囚われて、それでも耐えられたのは、ひとえに静馬への想いがあったからだ。虜囚の生活は辛《つら》かったが、無理ではなかった。

大切な誰かのための行いであれば、道理さえ引っ込むのかもしれない。

ただあの事件の結果として、櫻子の心は耐えられたが体は衰弱して数週間の療養を余儀なくされたので、やっぱりあんな目には遭わない方がいいに違いない。

小鞠に化粧道具の後片づけを頼み、二人は部屋を出て玄関ホールへと向かう。静馬と廊下を歩きながら、櫻子はこくんと頷いた。

「承知いたしました。お体には気をつけて、ご無理はなさらないでください」

「わかっていないな？」

「わかっておりますよ？　私が静馬さまのためであれば、たいていのことには耐えられるのと同じでしょう」

「本当に通じている……！」

「で、ですからそう申し上げたではありませんか!?」

話し合っているうちに、玄関ホールにたどり着く。

冬になってからは、見送りの際に外套《がいとう》を静馬に着せかけるのが櫻子の役目だった。微笑ましげな使用人から重たいインバネスコートを受け取り、櫻子はいそいそと広げる。

静馬がまじまじと櫻子の全身を打ち眺めて、感慨深げに腕を組んだ。

「今日も一段と可愛いな。……本当に惜しい」

「かわ……あの、その……外套をどうぞ」

櫻子は顔を隠すようにしてコートを差し出した。頬の辺りが熱い。

頭上で、くすりと笑う声が聞こえる。静馬はコートを羽織り、うつむいた櫻子の顔を軽く覗《のぞ》き込むようにした。

「それでは、可愛い奥さん。僕を見送ってくれ」

「う、はい」

おずおずと顔を上げると、静馬が櫻子を引き寄せ、そっと頭に口づけを落とした。

「では、行ってくる」

「い、行ってらっしゃいませ……!?」

見送る櫻子の声が裏返る。静馬は満足げに目元を緩め、黒色のコートの裾を寒風に翻し、出仕していった。

両手で頭を押さえ、櫻子はホールにしばらく一人立ち尽くしてしまった。

――大切にされている。この上なく。

さすがの櫻子にも理解できる。静馬は櫻子を、本当に慈しんでくれている。

だからこそ、申し訳なかった。

櫻子は静馬の誕生日も知らず、どんな祝いの品を贈ればいいのかさえ見当もつかないような人間なのに。

(でも、お誕生日をきちんとお祝いしたい。私も……静馬さまが大切なのだから)

静馬が自分を大切にしてくれているから、とおうむ返しに返礼するのではない。櫻子だって、かけがえのない人を自分なりに大事にしたかった。

ずっと虐げられていた櫻子に静馬が与えてくれたのは、たぶんそういうものだ。

それにしても、と肩を落とす。予定が空いてしまった。せっかくおめかししたのだし、小鞠と街に出ようか、ついでに誕生日の贈り物も相談しよう――と踵《きびす》を返したとき、玄関ホールに続く廊下の奥から小鞠がバタバタと駆けてきた。

「奥様、大変です!」

「そんなに慌てて、どうされましたか」

「お、奥様にお客さまです。正門ではなく、裏門の方からお越しです」

顔を青ざめさせた小鞠の言葉に、櫻子は眉をひそめた。屋敷の北側に設けられた裏門は身内しか利用しないはずだ。小ぶりな木戸門で、客が通るような場所ではない。

(一体誰が——?)

不安に胸を翳《かげ》らせたとき、小鞠の背後にふっと人影が現れた。

櫻子は目を瞬かせる。そこには、艶やかな洋装の女性が立っていた。腕を組んで櫻子を興味深げに眺めている。

歳は櫻子よりも三、四歳ほど上、おそらく静馬と同じくらいに見える。勝ち気に輝く瞳が印象的な、美しい顔立ちの女性だった。

深みのある茶色の髪を左肩に流し、すらっとした体を鮮やかな藤色のワンピースでぴったりと包んでいる。舶来品だろうか。胸元を大きく開けた大胆なデザインは、至間國ではなかなか見ないものだ。

美しい絵画を飾ったように、乾いた玄関ホールの空気が急に華やかに彩られた。

「あなたが仁王路櫻子さん?」

玲瓏《れいろう》な声が響く。櫻子はものも言えず、がくがくと首を縦に振った。

「ふぅん、ずいぶん凡庸な娘ね」

女の目が、品定めするように眇《すが》められる。

小鞠がこちらに駆け寄ってきて、櫻子を守るように前へ立った。それで我に返った。

たとえ半人前だとしても、櫻子はこの家の女主人なのだ。薬指に指輪の嵌《は》まった左手を、強く握る。

「あ、あ、あのっ」

思いっ切り噛んでしまった。しかし女は笑うこともなく、無慈悲な女王が臣下の嘆願を聞くように冷淡に首を傾けた。緩くうねる髪の一筋が、白い頬にかかる。

「失礼ですが、どちら様でしょうか……？」

女は一度瞬いた。その目を縁取るまつ毛はくるんと丸まっていて、瞬きで風を起こせそうだった。真っ赤に塗られた唇が不穏にうごめく。

「櫻子さん、私を知らないの。静馬はあなたに何も話していないのね」

「静馬さまのお知り合いですか？」

「ええ。私は百済原沙羅《くだらはらさら》。百済原伯爵家の長女にして、静馬の元婚約者、よ」

「こ……っ!?」

絶句する櫻子に、目の前の女――百済原沙羅は愉快そうに口の端を吊《つ》り上げる。櫻子の反応は目論見通りだったらしい。

「そうよ。櫻子さんがいなければ、この私が静馬と結婚する可能性が一番高かったの」

「そ、そのような方が、一体どのようなご用件でしょうか？」

もつれる舌を必死に動かし、櫻子はかろうじて問い返す。

肌にぴりぴりした痺《しび》れが走った。敵意だ。百済原沙羅は、仁王路櫻子を敵視している。

なぜ、と思いかけてすぐさま疑問を打ち消した。元婚約者の沙羅が櫻子に敵意を抱く理由なんて一つに決まっている。

沙羅の瞳がぎらりと光った。

「——私はね、静馬の妾《めかけ》になりに来たのよ」

櫻子は言葉を失い、その場に立ち尽くす。沙羅は目をぎらつかせたまま、獲物を前にしたようにちろりと唇を舐《な》めた。

沙羅の首元で、細い鎖で吊るした小さな銀の鍵がきらめいていた。

とにかく話を聞こう、と櫻子は沙羅を客間に案内した。

仁王路本邸は和洋折衷の豪邸で、客間は洋館部分にあたる。草花模様の壁紙も、毛足の長い絨毯《じゅうたん》も、落ち着いた色合いで統一された一室だ。

客間の大きなガラス窓から淡い陽光が差し込み、客人をくつろがせるために置かれたマホガニー製のローテーブルと絹張りの長椅子を優しく温めている。

けれどその穏やかさとは正反対に、櫻子と沙羅の間には張り詰めた空気が満ちていた。

ローテーブルを挟んで相対する二人のもとへ、警戒心をあらわにした小鞠がお茶を持ってくる。ティーポットからカップに紅茶を注いでサーブしたあと、部屋を下がらず櫻子の後ろに控えた。

沙羅は優雅な手つきでカップを持ち上げ、「なかなか良い茶葉を使っているわね」と香りを楽しみ始める。

その右手、中指に固そうなタコができているのに櫻子は気づいた。

「……それで、静馬さまの、め、妾になりに来た、というのは」

カチン、と威嚇するように音を立て、沙羅がソーサーにカップを置いた。しなやかに足を組んで長椅子にもたれ、膝の上に手を重ねる。

「言葉の通りよ。婚約者ではなくなった今も、私は変わらず静馬のことが好き。妾でもいいからそばに置いてほしい。ほかに説明が必要？」

「ひ、必要です！」

彼女のとんでもない発言に櫻子は声を張りあげる。脳内にはいくつも疑問がひしめき合い、今にも破裂しそうだ。

「そもそも、沙羅さまがどのような方なのかも、どうして今いらっしゃったのかも、何もかも私は存じ上げません。どういうことなのですか？」

「そう。同じ男の寵愛《ちょうあい》を争う女同士、相互理解は必要かもしれないわね」

沙羅はあっさり言うと、艶っぽい笑みを浮かべて櫻子を見据えた。

「まず、百済原伯爵家は至間國の北部――『隠谷《かくれだに》』という街に根を張る、由緒正しい華族なの。隠谷に来たことはある？　山深い雪の都よ」

「いえ、ありません。でも家族は毎年冬に訪れていました」

隠谷は至間國でも人気の観光地だ。雪を用いた娯楽が盛んで、両親と深雪は近年流行しているスキーや雪橇《ゆきぞり》を楽しんでいたようだった。また温泉地でもあり、湯治にもぴったりらしい。

とにかく寒い土地と聞いていたので、荷造りを命じられた櫻子はありったけの防寒具を鞄《かばん》に詰めるのに血眼になっていた。家族の誰かが少しでも寒がれば、帰宅した彼らから折檻《せっかん》を受けることは必至だったためだ。

沙羅が不審そうに眉を寄せる。

「家族旅行なのに、櫻子さんは一緒ではなかったのかしら。雪遊びには興味がなかったの？」

「えっ……」

櫻子は目を泳がせ、しまったと内心冷や汗をかいた。普段は相良家で受けた仕打ちを表に出さないように気をつけているのに、口が滑ってしまった。

（沙羅さまを前にして、自分で思っているより動揺している。気をつけなくては）

幸い沙羅はそれ以上追及するつもりもなかったようで、すぐに話は本筋に戻った。

「伯爵家同士、私は静馬と幼い頃から親しくしていたわ。冬季休暇には、仁王路家の人々が百済原の家で過ごすのは当たり前だった。逆に夏季休暇には私たちが仁王路家を訪れていたの。静馬はあんまり人の輪には入らなくて、いつも一人だった。その様子が気になって、私は話しかけたのよ。『一緒に遊びましょうよ。一人はつまらないでしょ』って」

沙羅の瞳が懐かしげに細められる。その視線の先では、確かな過去の情景が像を結んでいるようだった。

櫻子も、その様子を懸命に思い描こうとする。けれど頭に浮かんだ想像はひどくぼんやりしていた。櫻子は、出会ってからの静馬しか知らない。

「そうしたら、静馬は『不要だ。楽しいかどうかを君に決められる謂《いわ》れはない』なんて断ってきたのよ」

「ああ……」

その理由は何となく推察できた。それは静馬なりの気遣いだったのではないだろうか。

少なくとも今の静馬は、その類稀《たぐいまれ》なる異能の強さで周囲を傷つけないよう、己をよく律している。幼少期には、使用人たちの子供と遊んでいたら発火の異能で離れを全焼させてしまい、二度と子供たちと遊ばなかったという話も聞いたことがある。

（静馬さまはご自身の異能の強さと、その責任を熟知されている……。そういう方が遊びに誘われても、断るしかなかったのではないかしら）

沙羅が過去を偲《しの》ぶように微笑した。

「せっかく誘ってあげたのに、そんなのってないじゃない。だから私、何度もしつこく話しかけてやったわ」

「一度断られたのに？　何度も？」

櫻子は目を白黒させる。普通の女の子ならたぶんめげてしまって、二度と話しかけられないに違いない。

沙羅は軽く肩をすくめた。

「伯爵家の娘としては、周囲に目を配って、なるべく皆が居心地良く過ごせるように努めるのは当然でしょ？　口では何と言っていても、実際には寂しがっているのかもしれないし」

「なるほど……」

思いもよらぬ回答に、櫻子は居住まいを正した。

（この方もご自分の立場と役目、それと責任をよくわきまえていらっしゃるのだわ）

それこそ上に立つ者の器なのだろう。彼女は生まれついての支配者で、我を通し周囲を従えるのは当たり前なのだ。

だから今、堂々とこの家に乗り込んできて「妾になる」などと宣言できる。櫻子には絶対に不可能なあり方だ。

「そうしているうちに、静馬も少しは会話してくれるようになって。ほかの令嬢よりはとても仲良くなっていたわね。それで、静馬の在学中に互いの両親の取り決めによって私が婚約者になったの」

言葉を切り、沙羅は噛みしめるように言った。

「嬉しかった。本当に」

表情が一変して、微笑む面差しは少女のようにあどけない。

「このまま静馬と結婚できると思っていた。静馬の方は私を特別に好き、というわけではなさそうだったわ。『僕は沙羅と長く添うことは叶《かな》わないかもしれない。沙羅はいつでも婚約を破棄して、別の人間を選んで構わない』なんて言って。意味はよくわからなかったわね。特に持病を抱えているふうでもなかったから」

異能病だ、と櫻子は察する。今は櫻子の「無能」を用いて寛解したが、治療方法もない病に蝕まれているとなれば、沙羅にそう告げるのも不思議ではない。

「私は何を言われても婚約破棄するつもりなんかなかったわ。静馬が私を愛していなくても、結婚してから心を通じ合わせればいいと考えていたの」

だけど、と沙羅は吐息を漏らす。凛々《りり》しく顔を上げ、双眸《そうぼう》には強い光を宿し、はっきり言った。

「同時に、私には私の夢があった」

「どんな？」

「画家になることよ」

「が、画家？　伯爵家の御令嬢である沙羅さまが？」

唐突に出てきた単語に、櫻子は瞠目《どうもく》する。沙羅は力強く頷いた。

「百済原伯爵家の長女、というのは紛れもない私の一側面。だけど同時に、私は絵描きなの。……まあ、まだ駆け出しというか、卵だけれど」

櫻子は沙羅の右手に視線を走らせる。あのタコは絵筆によってできたのか。よく見れば爪は短く切り揃《そろ》えられていて、手には装飾品の一つもない。絵を描くのに邪魔なのだろう。

沙羅は咳払《せきばら》いをして、滔々《とうとう》と語り出した。

「私は伯爵家に生まれたけれど、絵を描くのがとても好きで。家族の理解もあって、隠谷の女学校を卒業したあとは帝都の美術大學に進学できた。今はさらにその先の、大學院に通っているわ。ゆくゆくは絵筆で暮らしを立てていきたい、とも思っているの」

「へえ……！」

女学校にさえ通えなかった櫻子には思いもいたらぬ世界だ。ただ、沙羅の瞳のきらめきやタコの固さを見ると、彼女がどれほど真剣に夢に向き合っているのか伝わってくる気がした。

（きっとご家族も、沙羅さまの夢が道楽ではないとわかったから、応援したのではないかしら。伯爵家の御令嬢が美術大學だなんて、普通は許されないもの）

それくらい、沙羅と家族は通じ合っているのだろう。

「静馬が軍務局に入局した頃、私は学内選抜を勝ち抜いて、欧州へ留学することになった。さすがに申し訳なくなって、留学前夜に静馬を呼び出して聞いたわ。『本当に私が婚約者でいいの？』って。留学は何年かかるかわからなかった。だから、静馬が私をどう思っているのか知りたかったの。静馬の返答次第では、留学を諦めるか身を引く覚悟だった」

櫻子はハラハラしながら話を聞いていた。後ろで小鞠がやや前のめりになっている気配がする。

「静馬は『画家の卵である沙羅のことは応援している』とだけ答えたわ。だから、私も腹を括ったの。欧州へ留学して画家として大成して、そして……静馬と結婚すると」

客間に沈黙が広がり、櫻子はごくりと唾を飲み込む。この話の終着点はわかっているのに、その道のりがよく見えない。四方から迫る静けさがこめかみに汗を滲《にじ》ませた。

「……それなのに」

沙羅が膝の上で強く拳を握りしめる。関節が白く浮いて、青色の血管が見えていた。

「十日前に帰ってきたら、私は婚約者ではなくなっていた」

「どういう……ことですか？」

一番不思議なのはそこだった。静馬が勝手に婚約を破棄するような不義理をするとも思えない。

沙羅は歯を食いしばり、深呼吸してから話し出す。

「私たちの婚約が解消されたのは、静馬があなたと結婚する一年ほど前だったと聞いたわ。静馬はきちんと、私の父に婚約破棄の申し入れをしていた。家同士の政略結婚だから当然ね。静馬は私に直接説明しようとしたけれど、留学の妨げになるといけないからって父が止めたようだった」

彼女の声は震えていた。目が潤みを帯びるのを、何度も瞬きして抑え込んでいる気色だった。

「婚約破棄の理由は私も知らないわ。でも父は納得した。だから私は元婚約者になったの」

櫻子は口元に手をやり、思考を巡らせる。もしかすると静馬は沙羅の父に異能病のことを打ち明けたのかもしれない。

静馬が櫻子の「無能」をいつ認識したかは知らないが、特効薬たる櫻子を確実に手に入れるため、備えを進めていた可能性はある。

そこまで考えて、櫻子は目線を沙羅に向けた。

「お父さまには、詳しいことをお尋ねにならないのですか」

「もう聞けないわ。父は亡くなったから。……つい十日前にね」

「あ……」

だから彼女は帰國したのかと合点して、櫻子は静かに頭を下げた。

「お悔やみを申し上げます」

櫻子の挙措《きょそ》に、沙羅が虚を衝かれたように瞬く。大きな瞳を左右に揺らし、どこか呆然《ぼうぜん》としたふうに「……ありがとう」と呟《つぶや》いた。

客間の空気がどことなくしんみりとする。沙羅はそれを振り払うように大きく首を振った。

「ふん、櫻子さんが素直に悼《いた》んでいる場合かしら。そもそも私がこんなことをしているのは、父の死が理由なのよ」

髪を背中に払いのけ、射抜くように櫻子を睨《にら》む。その顔から涙の影は綺麗に拭い去られ、女王然とした風格を取り戻していた。

「父が——当主が突然亡くなって、正直家は混乱している。それを落ち着かせるために、私は有力な華族とつながりを持つことを望まれているのよ」

話が核心に近づいている様子に、櫻子は唇を引き結ぶ。湯気の消えたカップの上で二人の視線がぶつかる。

「でも、私は静馬を諦められない。はっきり言うわね。櫻子さん、あなたがこんなに平凡な娘でなかったら、私は身を引いたわ。けれどあなたはもはや男爵家でもなく、とりたてて美しいわけでも何か秀でた部分があるわけでもない。あげくの果てには——異能がない」

沙羅の数え上げる言葉の一つ一つが、小さな鏃《やじり》になって櫻子の胸に突き刺さる。どれも事実だ。否定しようもない。

「どうして静馬はあなたみたいな子を選んだのかしらね」

小鞠が一歩足を踏み出して何か声をあげようとしているのを視界の隅に捉えた。それを目顔で制して、櫻子は深く息を吸い込む。心臓が嫌な感じに脈打っているのを必死に抑えようとする。

「話を続けてください」

櫻子の落ち着いた口ぶりに、沙羅は意外そうに片眉を上げた。

「それに、さっきも言った通り、私は画家になりたいの。いい？　伯爵家の娘として私がすべきなのは、有力華族とつながりを持つこと。美大生としての私がすべきなのは、画家になること。そうして百済原沙羅としての私がすべきなのは、静馬のそばにいること。私はどれも諦めない。すべての望みを叶えるわ」

強気に宣言して、沙羅は右手の人差し指を櫻子に突きつけた。

「私は静馬の妾になって、画家も目指し続ける。妾だとしても、仁王路伯爵家当主の静馬とつながりができれば百済原家の利益になる。家族だって喜んでくれる。――櫻子さん、私は別に、あなたに静馬と別れなさいと言っているわけではないわ。ただ私という女が妾になることを受け入れてほしいだけ。わかりましたと言いなさいな」

櫻子は、沙羅の指にできたタコを見つめた。

沙羅は自分の主張の正当性をまったく疑っていないようだった。勝ち気な瞳には、澄んだ輝きさえ宿っている。

この奔放な振る舞いが許される人生を、彼女は歩んできたのだ。困難を撥《は》ねのける強い意志によって。あるいは、周囲から愛されることによって。

櫻子はわずかに目を伏せた。

（すべての望みを叶えるだなんて、私には……とても考えられない）

櫻子にとっては、自分が望みを持つことさえまだまだ違和感が大きい。やっと一つ抱いた望み――静馬の誕生日を祝う――でさえ、叶え方がわからないくらいだ。

一方、沙羅は何一つ諦めないと言う。色々な意味で途轍《とてつ》もない人だ、と冷や汗が額に浮く。

自分の意見を主張するには相性の悪い相手だった。つい従ってしまいそうな、服従させる圧がある。

（……だとしても）

返事は決まっていた。

顔を上げる。真正面から沙羅を見据えて、櫻子は口を開いた。

「――お断りします」

声は思ったよりもしゃんと響いた。沙羅が一瞬目を見張り、それから淑女らしく微笑んだ。

「そうなの。どうして？」

「沙羅さまがおっしゃっているのは、すべて沙羅さまのご都合です。私には関係ありません」

理屈を捏《こ》ねればそういうことだった。沙羅の願いのすべては、櫻子が頷く理由にはならない。

沙羅は完璧に微笑んだまま、鷹揚《おうよう》に頷く。

「そうね、その通りだわ。けれど——もし、静馬が了承したら？　どんな形であれ百済原家とつながりができるのは、仁王路家にとっても悪い話ではないわよ」

櫻子はヒュッと息を呑《の》む。それもまた道理だ。選択権は櫻子ではなく、静馬の手にある。

黙りこくった櫻子を、小鞠が心配そうに窺《うかが》う。沙羅は勝利を確信したように笑みを深める。窓の外で雲が流れ、客間に差す日が翳った。

「静馬さまが許すのであれば、私に反対することはできません」

櫻子は静かに言葉を紡いだ。

「だとしても、私は……嫌、です」

ともすれば揺れそうな声を抑えて、精いっぱい反論する。いや、論にもなっていない。こんなむき出しの感情だけで、説得なんてできっこない。

わかっていても、櫻子にはこう答えるしかなかった。

案の定、沙羅は鼻で笑った。

「そう言っていられるのもいつまでかしら」

美しい瞳でじろじろと櫻子を見回す。

静馬とのデートのために、とびきりめかし込んだ姿。小鞠の力を借りて、何日も前から準備をした、おそらく櫻子の最大値。けれど華やかな美貌の沙羅を前にすると、とても地味に思えた。手助けしてくれた小鞠に対して、こんなことを考えるのも失礼なのに。

「櫻子さんには一体どんな魅力があるのかしら？　静馬は奥方をずいぶん溺愛しているともっぱらの噂《うわさ》だけれど、私にはそれに値する女には見えないわ」

沙羅が長椅子から立ち上がる。テーブルの横を回って櫻子の隣に座り、つと腕を伸ばしてきた。

沙羅の指先が、櫻子の顎の下を撫《な》でる。そのくすぐったさに櫻子の産毛が逆立った。

「……それとも、艶事《つやごと》に慣れていらっしゃる？」

柔らかな気配が間近に迫る。沙羅の吐息は甘やかで、思わず赤面してしまう。香水だろうか。とても華やかな、くらくらするような芳香が漂ってくる。

「えぇっと？　その……」

「うーん、そういうわけでもなさそうね」

「な、何を……？」

「ハイ、そこまでにしてくださいましね」

小鞠が二人の間に割って入り、肩を掴《つか》んでぐいっと引き剥がした。「まったく、油断も隙もございませんわね」とぷりぷりしながら櫻子を長椅子の端に移動させる。

櫻子はさっきまでとは別の意味で高鳴る心臓を抱え、沙羅を見返した。沙羅は身の潔白を証明するように両手を上げ、小鞠を軽く睨む。

「よく躾《しつ》けられているのね」

「奥様をお守りするのが、私の役目ですので」

つんと鼻をそびやかす小鞠に、沙羅がせせら笑った。

「この子にそんな価値があると本当に思うの？　何もできそうにないじゃない」

「そう思うのは沙羅さまだけですわ」

「あら、そう」

沙羅の表情が零下に落ちる。小鞠も目つきを険しくした。

その真ん中に挟まれて、櫻子はおろおろと二人を見比べる。

（よく、わからないけれど……でも今、私は沙羅さまに侮られた、のよね）

おそらくは自身の経験のなさを見透かされた。至近で感じた柔らかさを思い出すと、今でも胸がドキドキする。櫻子にはとうてい持ち得ない妖艶な女性の魅力とでも言うのかもしれなかった。

空にはいよいよ鈍色《にびいろ》の雲が広がり、客間を仄暗《ほのぐら》い影に沈めていく。

至間宮正殿。至間國の最上位の貴人が、諸臣に勅を垂れ給う場所。

休暇を返上し出仕した静馬は下りた御簾《みす》を間に挟み、御門と向かい合っていた。

冬の弱々しい陽光が御簾を照らし、人影を浮かび上がらせる。玉座に座ると思しきその影は、至間國の首長とは思えないほど小柄だ。

「――静馬よ」

御簾の向こうから投げられる声はまるで子供のように幼い。静馬は御簾を見通すように、じっと目を凝らす。

実際、御門は子供であった。だが〈因果決定〉の異能を持つ彼は、只人《ただびと》には耐えられないような高すぎる視座、広すぎる視野でもって世界を俯瞰《ふかん》し、実年齢にそぐわぬ英明な指導者として采配を振るっていた。

「呼びつけてすまぬな。本日は休暇と聞いている」

幼児特有の高い声とは裏腹に、口調には臣下を案じる王としての威厳がある。

静馬は胸元に手を当て、恭しく頭を下げた。

「陛下のお呼びとあらば、いかなるときも参上するのが臣としての責務です」

「ふむ、そうか。勤勉な臣下を持って余は嬉しく思うぞ」

御簾の向こうで、ぱらり、と檜扇《ひおうぎ》の開く音がした。

「本当にすまぬなあ？　奥方とデートの予定だったというのに」

「……今、何と？」

「愛する奥方を置いて余のもとへ駆けつけるのは、身を引き裂かれる思いだったに違いない。奥方のあと押しがあったとはいえ、本当に健気な臣下よ」

静馬の眉間に皺《しわ》が寄る。舌打ちまでは堪えた。

御簾の向こうで、反応を面白がるように御門が声を弾ませる。

「それとも、甥《おい》を心配する叔父心というやつか？　家族思いの叔父を持って余は泣きそうだぞ」

よよ、とわざとらしく泣き真似までしてみせる雲上人相手に、静馬は勢い良く敬意を投げ捨てた。

「こっちの状況がわかっているなら早く言え。嫌がらせで呼び立てたのではないんだろう」

「叔父上が怒ったぞ。怖いなあ」

「恐怖をご所望ならくれてやるが」

「いいや？　真面目な話をしよう」

御門が軽く手を叩くと、おもむろに御簾が上がっていく。じれったい速さで巻き取られていく御簾を見つめながら、静馬はため息をついた。

公にはならないが、御門は静馬の実姉である千鶴《ちづる》が生み落とした子である。静馬からすれば甥にあたるので、ときどきこのような悪ふざけが挟まった。寂しい幼児が叔父に甘えている、というよりは、超越者の気まぐれな戯れだ。

御簾が上がりきり、玉座に座る御門があらわになる。大きな玉座に埋もれるように幼い男児が座っていた。白絹の装束をまとい管玉で飾り立てられたさまは、古の巫《かんなぎ》のようにも見える。

いたって真剣な顔で、御門は口火を切った。

「まずは、〈啓示〉の調査結果についてだ。静馬も知っての通り、暗部の庁舎は焼失し、〈啓示〉は現在行方不明となっている」

「ああ。庁舎の地下には用途不明の巨大空間が広がっているのみで、少なくとも人間が生活していたような形跡は見当たらなかった」

静馬も面持ちをあらためる。

暗部への立入検査が決まった前日、庁舎は炎上した。周囲には監視をつけていたにもかかわらず、ひとりでに火の手が上がったのだ。北風の強い日で、瞬く間に炎は大きく膨らみ、消火にあたる人々を嘲笑うように燃え広がった。

しかし、庁舎を燃やし尽くしたところで奇跡的に雨が降って火は消えた。

残されたのは、炭化した庁舎の残骸のみ。幸いにして死者も怪我人も出なかった。

あまりにもできすぎた顛末《てんまつ》。誰もが不可解に思いながらも、わかることはなかった。

そのまま暗部は解体。〈啓示〉について詳細を把握している者はおらず、資料などは灰と化し、調査は打ち切りとなった。

「まさか〈啓示〉の居場所がわかったのか」

静馬の問いに、御門は悔しげに首を横に振った。

「いや、残念ながらそれはまだ視えていない。今回呼び立てたのは、ただちに隠谷へ調査に行ってほしいからなのだ」

「隠谷？　そこで何が？」

静馬は眉をひそめる。当然知っている街だ。幼少のみぎりには家族とともに毎年訪れていた。何の変哲もない、栄えた観光地に思えていたが。

「隠谷には、百済原伯爵家が代々居を構えている。十日前、その当主が亡くなった」

「沙羅の父が？」

静馬は少しだけ目を見張る。脳裏にふっと女の面影がよぎった。

百済原沙羅。幼馴染《おさななじみ》といってよく、長じて静馬の婚約者に定められた女性だった。強気な自信家で、他者を従えるのを当然とする女だ。しかし、伯爵家の娘として誇り高く、自分の夢を掴んで離さないところは好ましかった。

とはいえ、それは人間としての好感を抱いたにすぎない。どうやら自分を好きでいるらしい沙羅に対し、静馬は気が咎《とが》めていた。

何度も別の人間を選んだ方がいいと忠告したが、沙羅の返事はいつも『嫌よ。私は必ず、静馬を振り向かせてみせるから』。

そんな日が来るとはまったく想像できなかったが、しょせんは政略結婚。異能病の進行状況が未知数なこともあり、結婚してもなるべく距離を置こうと考えていた。いずれ離れる手なら、最初からつながない方が傷が少ない。

だが、相良男爵家の無能令嬢の噂を聞いたことにより状況は変わった。

静馬は異能病を解決するために、相良櫻子を手に入れる必要に駆られた。しかし櫻子は社交界に出てこず相良家にこもりきりだったため、まったく情報がない。

そのため、噂を聞いた時点で「無能」の正体はわからなかった。されど、少なくとも沙羅を巻き込む前に早く自由にすべきだった。そう考え、婚約破棄を申し入れたのだ。

異能病についても包み隠さず話した。真実だけが静馬に差し出せる誠意だったし、殴られる覚悟も決めていた。

だが、沙羅の父は重々しく頷き『わかった。今まであのじゃじゃ馬に付き合ってくれてありがとう』と言った。それから『静馬くんは沙羅を幸福にできるかもしれないが、沙羅には静馬くんを幸せにする度量がないだろうなぁ』と苦笑したのだ。

皺の多い顔に刻まれた情け深い笑みを、まだ覚えている。

その男が、亡くなったのか。

静馬は瞑目《めいもく》する。呼吸三つ分くらいの静黙のあと、瞼《まぶた》を上げて鋭く聞いた。

「知らなかった。事件性は？」

「ない。朝の散歩中、自動車に轢《ひ》かれたのだそうだ。当主の急死に、百済原家はおおわらわだ。訃報の挨拶もできないくらいにな」

「そうか……それで、隠谷の調査とどのような関係があるんだ」

「うむ。実は百済原家には、建國当初より伝わる一つの使命があってな」

御門は淡々と話を続ける。

「百済原家の人間には、〈封印〉の異能がよく発現する。当主はその異能をもって、至間國に不可欠なものを安全な場所に封じ、代々守護しているのだ」

静馬にとっては初耳だった。沙羅の父からもそんな話は聞かされていない。

「不可欠なもの、とは何だ」

「余も詳しくは知らぬが、文献によると、國を守るための安全装置、あるいは兵器。國が危機に陥ったときの切り札のようなものらしい。百済原の当主だけがすべてを知っている」

「なるほど？　対空兵器や対艦兵器の類ではないだろうな。技術は進歩する。後生大事に守護するだけでは、いずれ骨董品《こっとうひん》になるだけだ」

「余もそう思う。十中八九、異能にまつわる品だろう。異能によってこの國に危機がもたらされたときに必要となるのだと睨んでいる」

「だが、今代の当主は亡くなった。そして百済原家は混乱し、その安全装置とやらの状況は不明、ということか」

「その通り」

御門は深々と嘆息し、背中を玉座に預けた。

「しばらく様子を見るつもりだったのだがな。今朝、嫌な未来を観測したゆえ放置しておくわけにはいかなくなった」

「どのような未来を？」

「炎」

御門の黒い瞳が、夢見るように焦点を失う。小さな口からぽろぽろと言葉がこぼれた。

「火、熱気、悲鳴。至間國だけではなく、日本も、外つ国《とくに》も……すべてが灰燼《かいじん》に帰す未来だ」

正殿が静まり返る。風が吹き寄せて、窓枠がギシリと不気味に軋《きし》んだ。

静馬は無言で御門を見つめ続ける。かの人の異能の性質を思えば、笑い事ではなかった。

しばらくの沈黙のあと、御門がふっと息を吐いた。

「……そういうわけで、隠谷を調査してもらいたい。ほかにも気になる事件があってな。どうやら、外つ国の人間にも異能を与えようという活動があるらしい。より良き世界のため、などというお題目を掲げてな」

静馬は思い切り顔をしかめた。

「そんなことが可能とは思えないが」

異能は至間國民にしか発現しないものだ。それも、生粋の至間國民でなければならないらしい。至間國民を父、日本人を母とした子供には一切異能が発現しなかったという研究もある。その逆もまた然り。

原理は不明だが、至間國で生まれ育たなければ、異能者にはならないのだ。

外つ国の人間に異能を与えるなど不可能。——人間には。

御門は檜扇で膝を軽く叩いた。腰帯から下がった翡翠《ひすい》の管玉が、シャランと音を立てる。

「まだ小規模な活動のようだが、捨て置けぬ。……なあ静馬、誰もが異能を持てる世界とは、良いものだと思うか？」

静馬は肩をすくめた。

「至間國の自治は異能の独占によって成り立っている。我々に論じる資格はないだろう」

御門は乾いた笑い声をあげた。

「それもそうだな」

「ただ、異能者の一人として言わせてもらえば」

ただならぬ気配を感じ取ったのか、御門が真面目な面差しで視線を静馬に据える。

静馬は切れ長の瞳を細め、低く呟いた。

「異能さえあればすべてが上手くいく、などというのは虚しい夢だ。過ぎた力はむしろ人に不幸をもたらす」

「当代最強の異能者が言うと含蓄があるな。……して、そんな静馬は奥方との出会いですべてが上手くいったというわけか」

真面目な雰囲気から一転し、からかうような御門のにんまり顔に静馬は真顔でぴしゃりと答えた。

「そうだが？」

「そうだが、ではないわ、この幸福者め。話は以上。調査にかかれ。……まあ、今日は準備を整えて明日出立といったところか。今から参謀室で指示を出し、すぐに帰宅すれば、奥方と穏やかに語らう時間くらいはあるのではないか」

「御意」

静馬はサッと一礼すると、踵を返して正殿をあとにする。

一人正殿に残された御門は、微睡むように目を閉じる。そうして気まぐれに覗いた数十分後の仁王路家の未来に、ぷくぷくした人差し指で頬をかいた。

「……すまぬなぁ、あんまり穏やかとはいかぬかも、だ」

客間の空気は恐ろしく冷え切っていた。

沙羅と小鞠がバチバチと睨み合い、その真ん中で櫻子はおろおろしている。

先に口火を切ったのは沙羅だった。

「それじゃあ小鞠さん？　あなたはこの女に一体どんな魅力があると思うの？」

「たくさんありすぎて、一言では言い表せませんわ。ですが、とてもお優しくて、他人を慮れる方です。このお屋敷には、奥様を慕う使用人が多くおりますわ」

「優しい？　いい言葉ね。特に取り柄のない人間を形容するのに、〝優しい〟以上にちょうどいい鍍金《メッキ》はないもの」

「あらまあ。沙羅さまは画家になると仰るわりに、金と鍍金の区別もつかないのですわね」

「私からすれば等しく金属くずよ」

小鞠の放った皮肉を、沙羅は涼しく受け流す。しかし、その形の良い眉がぴくりと跳ねたのを櫻子は見逃さなかった。

（す、すごいわ……）
目の前で撃ち交わされる言葉の弾丸に、櫻子はそんな場合でもないのに感心してい
た。二人とも何と機転がきくのだろう。良いか悪いかは別にして、はっきり物を言え
るところは櫻子には羨ましい。
（でも、このままでは本格的な喧嘩《けんか》が始まってしまう。それは止めないと）
仮にも伯爵家の御令嬢相手に、丁々発止のやり取りを続ける小鞠の横顔を見上げる。
彼女は大地主の娘で、花嫁修業のために仁王路家に勤めている立場だ。だから相手
が誰でも臆さないのだろうが、もしもここで沙羅が身分を盾にし始めたら、小鞠の評
判に疵《きず》がついてしまうかもしれない。
（沙羅さまはそんなことをなさらない気もするけれど。でも、私が頼りなくて矢面に
立てないから、霞さんが庇《かば》ってくださっている。霞さんこそ優しい人だわ）
すう、と息を吸い込み、片手を上げる。
「あ、あの……」
蚊の鳴くような声に、二人がぐるんと櫻子を見下ろす。櫻子は肩を縮めながら言っ
た。
「け、喧嘩はやめて……いただけると……」
「奥様はそこで私が勝つのを見物なさっていてくださいまし」

「櫻子さん、喉が渇いたわ。紅茶のおかわりを持ってきて頂戴」

「は、はい」

「はいっ」

相良家で染みついた隷従の動作で、櫻子はぴょんと立ち上がる。

小鞠が眉を吊り上げるのをどうどうと制しながら、客間の扉へ走った。

（や、やっぱり無理だった――！　私の「無能」で喧嘩を止められたらいいのに！）

何もかも上手にできない。けれど半泣きの櫻子がドアノブを掴む前に、廊下側から扉が開いた。

臙脂色《えんじいろ》の絨毯の敷かれた廊下に、黒々と影が伸びている。

「――招いていない客人が来ていると聞いたが」

低い声がその場に響く。客間に足を踏み入れた長身を、櫻子は天の助けとばかりに仰ぎ見た。

「し、静馬さま――おかえりなさいませ！」

「うん、ただいま。それでこれは……」

軍装のままの静馬は、扉のそばに立つ櫻子と長椅子に座る沙羅を見比べ、だいたい事情を察したようだった。険しく眉間に皺を寄せ、沙羅を睨む。

沙羅はこれ見よがしに美脚を組み替え、朗らかに手を振った。

「あら静馬、久しぶりね。幼馴染に会いに来るのに、先触れが必要かしら」

「何の用だ」

「櫻子さんにはもうお話ししたけれど、静馬にも直接伝えたいわね。こういうのは、雰囲気が大切だもの」

静馬が、そろそろと客間を出ようとする櫻子の腕を掴む。

「櫻子、どこへ行こうとしている」

「いえ、その、お茶のおかわりを……」

「お茶？　なぜ？」

怪訝《けげん》げに問われて説明しようとする櫻子の袖を、小鞠がぐいと引っ張った。

「奥様、そんなものは私がやりますから、どうか当主様のおそばにいてください！」

「ねえ、私の話を聞いているかしら」

注目を取り戻そうとする沙羅の訴えをもって、場は収まった。

そういうわけで、小鞠の淹《い》れ直した紅茶を前に、三人で語らうことになった。

櫻子と静馬が長椅子に隣り合って座り、二人の対面に沙羅が座る。

小鞠は「当主様がいらっしゃるなら、私は不要ですわね」と言って恭しく場を辞した。最後に沙羅を目顔で威嚇することも忘れない。

沙羅は「なかなか気骨のある娘ね。私付きの女中にしてもいいわよ」と片目を瞑《つむ》ったが、小鞠の返事は無視だった。

そうして沙羅が流れるように語る間、静馬は眉一つ動かさなかった。

沙羅の説明が終わると、

「——断る」

短く、言下に切り捨てる。

「僕の唯一は櫻子だけだ。誰に何を言われても変わらない。もはや僕自身でさえ変えられないくらいだ」

一切の揺らぎを見せず、常識を説くように迷いない口調で言われ、櫻子は頬を赤くしてうつむく。胸底がじわりと温まった。

沙羅の処遇について、櫻子に決定権はない。静馬がどの道を選んでも従うつもりだった。けれども、沙羅を妾にするつもりはないという返事は、思ったよりもずっと優しく櫻子の緊張をほどいてくれた。

(でも、どうしてだろう)

静馬を信じていないわけではない。その言葉を偽りと思うわけではない。

けれど心臓の裏側、櫻子の手の届かない場所で、かすかな痛みが疼《うず》く。

美しく整えられた客間で向かい合う、静馬と沙羅。二人の端整な佇《たたず》まいを前にして、櫻子は落ち着かない心地になっていた。もじもじと座り直し、ぎゅっと膝を掴む。

そんな櫻子を見て、沙羅はふんと鼻を鳴らした。

「ずいぶんその子に入れ込んでいるのね」

「そうだ」

「昔は何にも執着しなさそうだったのに、意外ね」

沙羅は櫻子に目を向けたまま、からかうように笑う。

「知ってる？　静馬ってば、自分の誕生日の贈り物を、ほかに欲しがる人がいるからってあげてしまうくらいだったのよ」

誕生日、という単語に櫻子の肩が小さく揺れる。静馬がうるさげに手を振った。

「昔の話だろう。それに欲しがったのは沙羅だったじゃないか」

「そうよ。植物図鑑だったわね。絵を描くのに欲しかったの。でも、静馬だって喜んでもらっていたでしょう？　それなのに譲ってくれたのは、私が特別だからじゃないかってちょっと期待したのよ」

「沙羅が地団駄踏んで泣き喚くから、仕方なくだ」

「私の涙を見たくなくて？」

「曲解するな。やかましかったからだ」

「相変わらず遠慮がなさすぎるわよ。櫻子さんにもその調子じゃないでしょうね。どうなの、櫻子さん？」

「えっ？」

突然水を向けられて、櫻子はうろたえた。ぽんぽんと繰り広げられる親しげな会話に口を挟む余地もなく、ぼんやり眺めるしかなかったのだ。舞台袖から急に照明の下に引き出されたような居心地悪さが櫻子を包む。

静馬が小さく舌打ちした。

「櫻子に話しかけるな」

「いいじゃない、仲良くしたいわ。私が妾になればお世話になるのだし」

「そんな未来はあり得ない。こちらの優しさに甘えるな」

「静馬はそんなに優しい男じゃないでしょう」

「その通りだ。本当は今すぐ屋敷から叩き出したい。まだそうしていない理由がわかるか」

「私を妾にしようと思っているんじゃないかしら」

「馬鹿げたことを。——沙羅がまだ櫻子に謝罪をしていないからだ」

その言葉に、櫻子は息を呑み込んだ。そっと隣を仰ぐ。

静馬は紅緋《べにひ》の瞳に燃えるような憤りを込めて、沙羅を睨んでいた。

「突然押しかけて無茶な要求を振りかざして、櫻子にどれほど心労を与えたか。謝れ」

責め問う声は地を這《は》うように低い。沙羅が寸の間口ごもり、それからキッと眦《まなじり》を決した。

「謝罪なんて、するつもりはないわ」

「自分の悪辣さも理解できないのか？　お前は愚かな女ではなかったはずだが」

静馬の呆《あき》れ顔に、沙羅はますます眉尻を吊り上げる。

「本当に、その〝お可愛い〟奥方を可愛がっているのね。静馬こそ、そんな男じゃなかったのに」

「そうか。だから？」

「静馬が奥方に首ったけなのはわかったわ。まあ、櫻子さんも可愛い方よね。ちょっと私が顔を近づけたくらいで赤くなってしまったのよ。でも、いつまでもその調子じゃつまらないのではないかしら」

静馬の眉が訝《いぶか》しげにひそめられる。

「どういう意味だ」

「ねぇ、よく考えてみて頂戴」

沙羅の声音がどろりと甘ったるくなった。厳しかった顔つきを緩め、その美しいかんばせに蕩《とろ》けるような笑みを浮かべる。

「ただ可愛いだけの娘なんて飽きるでしょう？　私みたいな女をそばに置くのも愉《たの》し

いわよ」

沙羅が腕を組み、身を屈めて静馬の顔を見上げるように覗き込む。窄《すぼ》めた目尻には濡《ぬ》れたような色香が滴り、弧を描く唇は果実のように瑞々《みずみず》しい。

波打つ髪の一房が、はらりと豊かな胸元へ落ちかかる。惜しげもなく晒《さら》された白い肌が眩《まぶ》しくて、思わず櫻子は目をそらしてしまった。

見る者の視線でより磨かれる、蠱惑《こわく》の美。

櫻子にはないもの。

「――ふざけるな。ここで異能を使わないのをありがたく思えよ」

客間を震わせた声は凍てつくようだった。

櫻子はびくりと身をすくませ、周囲の様子を窺う。言葉通り、静馬は異能を使っていないようだった。室内に変化はない。

しかし肌に感じる空気の重さは確かで、うなじから背中にかけて鳥肌が立つ。とっさに自分の身を抱きしめた櫻子の肩を、静馬が守るように引き寄せた。

そのまま、冴《さ》え凍る眼差しを沙羅に向ける。

「僕はお前の婚約者でも恋人でも何でもない。赤の他人だ」

一片の慈悲も見当たらない、冷酷な口ぶりだった。

曇天の広がる窓を背に、沙羅がサッと青ざめる。

しばらく、客間は重苦しい静けさで満ちた。

櫻子はそっとうつむく。肩にちょっとの重さと温もりを感じながら、じくじく痛む胸を片手で押さえた。

脳裏には、今朝からの一連の出来事がぐちゃぐちゃになって渦巻いていた。

沙羅の堂々とした振る舞い、静馬との親しげな会話、櫻子の持ち得ない沙羅の妖艶さ、思いつかない誕生日プレゼント――。

下を向いてしまった櫻子を、静馬が心配そうにちらっと見る。もの言いたげに薄く口が開かれたとき。

沙羅が勢い良く立ち上がり、憤然と言い放った。

「今日はここまでにしてあげるわ。私は諦めないから、そのつもりでいて頂戴」

静馬と櫻子をキッと見下ろし、大股で出ていく。長い髪がなびいて、その背を遅れて追った。

「あ……」

客間を出ていく背中に何か言いたくて、櫻子は顔を上げる。けれど頭は真っ白で、声は喉を塞ぐだけだった。

一度も振り向かないまま、沙羅は客間をあとにする。バタン、と重い音を立てて扉が閉まる。荒々しい足音が遠ざかり、やがて客間は静寂を取り戻した。

静馬が長く息を吐き、気遣わしげに櫻子に顔を向けた。

「櫻子、平気か」

「は、はい。あの、大丈夫です……」

櫻子は曖昧に頷く。頭には綿でも詰まったようで、ほかの言葉はちっとも思いつかない。

静馬が物憂げに眉尻を下げる。

「すまない、嫌な目に遭わせたな」

「いえ、そんな、私は……」

胸元で手を組み、うつむきがちに頭を振る。耳元では繰り返し、沙羅の声が響いていた。

ただ可愛いだけの娘――。

(ああいう方が、静馬さまの隣にいるべきと選ばれたのだわ)

堂々としていて、とびきり美しくて、意志が強くて。夢を描けるほど家族に受け入れられていて。

(私とは、まったく違う……)

櫻子が静馬にふさわしくないという言葉をぶつけてくる人間は、今までにもいた。けれど静馬はそれでもと櫻子を選んでくれた。だからそばにいるために、櫻子はふさわしくなろうとしていたのだ。

だが、目の前に〝ふさわしい人〟が実体を持って現れると、櫻子は途端にすくんでしまった。そして納得さえしてしまった。

櫻子とは対照的な、櫻子の持っていないすべてを持っている女性。こういう人が実際に存在するのだとしたら、櫻子がふさわしくないと評されても仕方がない。今日沙羅から投げられた言葉の礫、その理由を実感してしまった。

(私が不出来だということは、ずっとわかっていたのに)

櫻子に足りないものが多いことも、それを承知で静馬はともにいてくれることも、全部わかっている。けれど、櫻子の持ち得ないものを持っていて、きっと何度生まれ変わったってそうはなれない人を前にして。

(私には……一体何ができるのだろう……)

それ以上、言葉は続かなかった。

静馬は心配そうに櫻子を見つめている。その視線を感じながら、櫻子はゆるゆるとおもてを上げた。

「とても、お綺麗な……方でしたね。堂々としていて……」

「堂々と、というか他人の都合を考えないだけだろう。昔からああいうところがあった。周りも許すから余計に図に乗るんだ」

「昔から……」

櫻子の胸に靄《もや》がかかる。静馬は沙羅の相手にも慣れた調子だった。二人には積み重ねた時間があるのだろう。櫻子には追いつけない領域だ。

静馬が大きなため息をつく。

「ああ見えて根が邪悪というわけではない。それに一度気を許した者には優しくするから、一部の人間には妙な人気を誇っていたな」

「そういえば、霞さんをお気に召している様子でしたが……」

「沙羅なりに優しくしているつもりなんだろう。とはいえ、霞は沙羅の信奉者にはならなかったようで安心だが」

「霞さんは私の代わりに怒ってくださったのです」

激しい喧嘩を繰り広げていた様子を思い出す。あれで小鞠を気に入るというのも、変わっている。臆せずハキハキとものを言うところが気に入ったのだろうか。それもまた、櫻子には望むべくもない性質だ。

静馬が手を伸ばし、優しく櫻子の髪を撫でる。

「櫻子は何も気にしなくていい。沙羅にはもう来ないよう申し伝えておく」

「い、いえ、大丈夫です。そんなことまでしていただかなくとも」

慌てて首を振る。静馬の手を煩わせるのは申し訳なかった。

「わ、私、ちゃんと、やれますから」

とてもちゃんとやれそうにないほど、たどたどしい口調だった。でも、これ以外の答えは導き出せなかった。

（ここで何も考えずに頼ってしまったら、私はもう、静馬さまの隣に立てない。そんな予感がする）

静馬が注意深く櫻子を見つめてくる。櫻子は目をそらしたくなるのを懸命に堪え、ものも言わずに見つめ返した。

壁際の暖炉の火がパチンと爆ぜる。やがて静馬は真剣な瞳で、誓うように告げた。

「わかった、信じる。何度も言うが、僕が愛しているのは櫻子だけだし、永遠にそれは変わらない。忘れないでくれ」

「えっと、あの……ありがとうございます……私も、そうです……」

「そう、とは？」

「えっ？」

わずかに首を傾けて、静馬が訊く。真顔を繕っているが、口元には愉しげな微笑が浮かんでいた。からかわれている気配を察知した櫻子の声が上擦る。

「しっ、静馬さまなら、ご存じでは……！」

「僕を買いかぶりすぎだ。櫻子の考えをわかったことなんて、一度もない」

「……だとしても、僕は櫻子の言葉で教えてほしい」

「私の？」

からかいを消し去った、しごく真面目な調子で言われて、櫻子はきょとんとする。それに一体どんな意味があるのだろう。

静馬が苦笑する。

「自分の言葉に一体どんな意味があるのだろう、という顔をしているが」

「やはり私の考えなどお見通しではないですか」

「もしそうだとしても、僕は櫻子の口から語られるのを聞きたい。その方が、ずっと心に残るから」

「それは……いえ、確かにそうかもしれません」

静馬の言葉に胸を衝かれ、櫻子は胸元で組んでいた手に強く力を込めた。爪が肌に食い込んで小さな痛みが走る。

櫻子だって、静馬が惜しみなく愛を伝えてくれるから彼を信じられるのだ。

（だから私も、同じように気持ちを返したい。もっと堂々と……少なくとも、沙羅さまは当たり前みたいにそうしていたわ）

でも櫻子にとってそれは未だ易しいことではなかった。

「絶対に、嘘《うそ》です」

返答に窮していると、静馬がそっと片手を伸ばし櫻子の手をほどく。そうして柔らかく左手を握られた。櫻子を傷つけないよう用心深く、けれど離れることを許さない、絶妙な力加減。

逃げられない。でも、どこか励まされているような気もする。

櫻子は固く目を瞑った。瞼の作った暗闇の中、手の感覚を頼りに深く息を吸い、吐き、瞼を上げる。最前までと何も変わらぬ手のひらの温度に、覚悟を決めた。

「……あの、私も……静馬さまを、好き、です……」

口からこぼれた声は消え入るようで、ぎこちない。けれど静馬は本当に嬉しそうに唇を綻ばせた。

「……ああ。ありがとう」

そのほのかな笑みに、胸の底がくすぐったくなる。知らず、握られた左手をぎゅっと握り返した。こちらに向けられる静馬の笑みが甘くなって、櫻子の手に汗が滲む。

（や、やっぱり、照れるわ。ほかに何か……そうだ！）

ハッと思いつき、急いで話題を変えた。

「そういえば、陛下からの御用は何だったのですか？」

途端に静馬の顔つきが厳しくなった。櫻子の手を離し、任務を受けた軍人の雰囲気をまとう。軍装なのも相まって、櫻子は緊張に背筋を伸ばした。

「陛下の命で、僕は隠谷へ調査に赴くことになった」

「隠谷、ですか」

聞いたばかりの地名が出てきて櫻子は驚く。それは沙羅の故郷だ。

何か関係があるのだろうか、と思いつつ、櫻子は話の続きを待つ。

静馬は厳しい表情を崩さないまま、

「詳細は話せないが、いつ帰れるかはわからない。ひと月くらいだとは思うが」

「ひと月、ですか」

ぎょっと息を呑んだ櫻子に、静馬の目が鋭く細められる。

「ああ。何か気になるか?」

「い、いいえ。大したことではございません」

小鞠によれば、静馬の誕生日はひと月後だという。けれど静馬の顔は平静そのもので、まったく気にしている様子もない。

(もしかしたら、お誕生日は静馬さまと過ごせないのかもしれない。……いえ、陛下の任務だもの。仕方のないことだわ)

それからもっと重要な事実に気がついて、あっと声をあげた。

「では、異能力の発散はどうなるのですか?」

「装身具を使う。久しぶりだな」

「ああ、あの耳飾りですね」

異能力を体外に排出する機能を持った耳飾りだ。といっても万能ではなく、排出量には限界があるし定期的に取り替えねばならないなど不便さもある。

静馬は櫻子に出会うまで、そういった装身具を身につけて異能病と折り合いをつけていた。だからしばらく櫻子がいなくともやっていけるのだろう。

（そうか……私がいなくても、平気なのね……）

当たり前の現実に胸を締めつけられて息苦しくなる。それなのにみぞおちの辺りはやけにすうすうして、体の真ん中に空っぽを抱えているような変な感じだった。

静馬が申し訳なさげに声を落とす。

「沙羅のこともあるし、櫻子についていてやりたい。だが、できない。……すまないな」

「いえ、お仕事ですから。どうかお気をつけて」

櫻子は何とか微笑む。何もできないのなら、せめて笑顔で送り出したかった。

静馬はまじまじと櫻子を眺め、ふっと吐息を漏らした。

「櫻子には寂しい思いをさせるか？」

「寂しい……？」

初めて向けられる類の問いだった。櫻子はずっと孤独だったけれど、寂しさを抱いた覚えは一度もない。この風の吹き通る感じがそうなのだろうか。

きょとんとしている櫻子に、静馬は苦笑いを浮かべた。

「正直にいえば、僕は寂しく思う」

「えっ、静馬さまが、ですか？」

櫻子は目を見張る。そんなふうには全然見えない。一体何が彼に寂しさを覚えさせるのだろう。

静馬は悪戯《いたずら》っぽく笑って、櫻子の頬に片手を当てる。温かさが伝わってきた。

「当然だろう。最愛の妻と離れるのだから」

冗談めかして言われた言葉に、櫻子の鼓動が跳ねる。

「そう……そう、なのですね」

ふんわり頷く。静馬の寂しさの一端を櫻子が担っているなんてとても想像がつかない。櫻子自身の寂しさ、とやらさえよくわからないのに。

もう一度、手を掴まれる。異能力の発散かと櫻子は疑いもせずに身を預けた。

あ、と思ったときには体を引き寄せられて、優しい口づけを受けていた。

触れたところから慈しみが伝わってくるようで、櫻子はぼうっとしてしまう。とっさにすがるように静馬の腕を掴むと、ますます深く吐息が絡んだ。

後頭部に添えられた手が、髪の流れを楽しむように櫻子のうなじまで滑り落ちる。

瞼を下ろした櫻子にはあらゆる感覚がより鋭敏に感じられて、漏らす吐息が熱を帯びた。

ひとしきり口づけを交わしたあと、静馬が名残惜しそうに体を離す。代わりのように伸べられた指が、上気した櫻子の頬を愛おしげになぞった。

「……出立は明日だ。また今夜、僕の寝室に来てくれ」

「は、はい」

「念のため言っておくと、異能力の発散のためだ。それ以上は何もしない」

「はいっ」

櫻子はしゃっきりと座り直し、大きく頷いてみせた。


その夜。寝支度を整えた櫻子は静馬の寝室を訪れていた。壁の洋燈には火が灯り、室内を明るく照らし出している。

寝室に置かれたソファに、櫻子は静馬と並んで腰かけていた。二人の手は座面の上でつながれている。

これが異能力の発散のすべてだった。夜毎、静馬と手を触れ合わせるだけ。それでも静馬のための大切な役目だと思うと、櫻子は一夜だっておろそかにする気にはなれなかった。

（それなのに……）

何だか今夜は気もそぞろだった。櫻子は視線を彷徨《さまよ》わせ、夜に塗り込められた窓を眺める。濃紺色の夜空には繊月《せんげつ》が浮かんでいた。雲が多いのか、星明かりは見えなかった。

隣で静馬が声をあげた。

「……何か考え事か」

「えっ？」

ビクッと肩を震わせ、慌てて横を向く。寝衣に身を包んだ静馬がゆったり足を組んで、櫻子を見つめていた。

「ひどく上の空だから。さっきから僕が見ていたのも気づかなかっただろう」

「す、すみません。大事な時間なのに」

「そんなことは全然構わないが。……何か気になることが？」

「…………」

とっさの反応が遅れる。

気になることならいくつもあった。けれど、すべてはもつれた糸のように絡まってしまって、口に出そうとすると上手く言葉にならない。

静馬は急かすでもなく、ただ返事を待っているようだった。圧を与えないようにという配慮か、自然な仕草で櫻子から視線を外す。

「明日からしばらく離れ離れだろう。話せることがあれば話しておきたい。妻を一人置いていく薄情な夫と言うなら、その誹《そし》りは甘んじて受けるが」

「そんなことは⁉　……いえ、その手には引っかかりませんよ。ご冗談ですね？」

櫻子もやられっ放しではいられない。看破したぞ、と意気揚々と宣言すると、静馬がやけに真剣みを帯びた口調で言った。

「いや。もし本当に櫻子が寂しくて辛いというなら、何か手を考える」

「へっ？」

「どうする？　そばにいてくれるなら、僕はどんな形でも構わない」

洋燈の火影がのたうつように揺れて、微笑した静馬の顔に不規則な影を落とす。表情の読めぬ翳りの中、その美しい緋色の瞳だけが妖しく色を濃くしていた。

どうも冗談では済まない様子に櫻子はソファの上で飛び上がる。

「いえっ、結構です。私は鞄に入りませんし」

狼狽《ろうばい》しきって、ひっくり返った声で何だかよくわからないことを言ってしまう。

でも事実だ。静馬の荷造りを手伝ったが、余計な荷物は一切なく、小ぶりのトランク一つに収まってしまった。あれに櫻子は入らないだろう。

ほんの一瞬、静馬が虚を衝かれたように目を見開いた。寝室に沈黙がよぎる。

妙な返事をしてしまったと櫻子がだらだら冷や汗を流していると、静馬が大きく肩をゆすって笑い出した。

「それもいいな」

「よくありませんよ!?」

「だが実際、鞄で運ばれるのは櫻子の負担が大きいだろう。却下だ」

「そういう問題ではありません。私は重いですから、運ぶのは大変ですよ」

「それこそ、そういう問題ではないと思うが」

静馬はくっくっと抑えた笑い声をあげ続けている。相当愉快らしい。

櫻子は肩の力を抜いて、はーっと息を吐いた。少し鼓動が速い。静馬はときどき、こちらの心臓に悪いことを言う。

「……それで、何か言いたいことは?」

まだ目元に笑みの余韻を残した静馬が尋ねてくるのに、櫻子は歯切れ悪く応じた。

「そう、ですね……」

まず思いついたのは誕生日。だが、そもそも何を問えばいいのか。

(欲しいものは何ですか、と聞いてみる? でも、静馬さまから欲しいものを聞いて私が贈るのって、ただの買い物の代行ではないかしら……)

お祝いの気持ちが伝わらない気がする。その代わりに櫻子の口からこぼれたのは、自分でも思いもよらない質問だった。

「静馬さまは、沙羅さまと恋仲だったことはない……のですよね？」

「はっ？」

常にないほど雑な返事だった。静馬の顔が思い切り正直に引きつる。櫻子が驚いて目をぱちぱちさせていると、静馬はこほんと咳払いをして、

「ない。まったくない。あり得ない」

想像するのも嫌そうに顔をしかめた。

櫻子は一つ頷いて、追撃を放つ。

「では、静馬さまは沙羅さまをお好きだったことは？」

「ない。毫《ごう》もない」

「そんなに。……沙羅さまはあんなに美しい方なのに」

「美しさは武器になる。それを理解している聡明《そうめい》さは好ましいが、別に僕に向けられて嬉しいものではないな」

「ええと、でも、女性としての魅力に溢《あふ》れていますよね。せ、迫られたら嬉しくならないでしょうか？」

ずい、と身を乗り出す。客間での沙羅の姿を思い出し、見上げるように静馬の顔を覗き込んでみた。小首をかしげると、長く伸ばした黒髪が背中を流れていく。

（ええと、あとは……だめだわ、私は貧相な体格だし……）

櫻子の着ている白い絹の寝間着はワンピース型で、足首までスカートで覆われている。どう頑張ってもこれ以上沙羅の真似をすることはできそうになかった。

一瞬、静馬の両眼が不穏に底光った気がした。空いている方の手が、櫻子に伸ばされる。

「――櫻子」

とん、と肩を押される。手はつないだまま、よろめかない程度の力でもとの位置に戻された。

ぽかんとしていると、静馬が痛ましいものを見る目を向けてきた。

「何を無理している」

「えっ……」

「沙羅の言ったことを気にしているのか？　あんな戯言を真に受ける必要はない」

櫻子は声を失った。同時に、自分がこんな振る舞いをしてしまった理由に思い当たってカッと顔が熱を持つ。

どうやら沙羅の言葉は、思いもよらぬダメージを櫻子に与えていたらしかった。

「も、申し訳……」

「謝るな、櫻子は悪くない」

「ですが、ご不快にさせてしまって……」

「不快なわけがない。だが、僕は今、櫻子にそういうことは望んでいない」

安心させるように静馬は櫻子の手をさする。その優しさに、櫻子の目の奥が熱くなった。

「私は、お待たせしてばかりで」

ずっと気にしていたのだ。櫻子がもの慣れぬばかりに、静馬に我慢を強いているのではないかと。口づけ一つでうろたえてしまって、その先に進めない女などつまらないのではないかと。

だが静馬は間髪入れずに断言した。

「こんなに手が震えている櫻子に無体を強いるのは、僕が僕自身に許さない」

「あ……」

指摘されて初めて、自分の手が小刻みに震えていて力も入れられないことに気がついた。温かな静馬の手に包まれているのに指先までしんと冷たい。

静馬の手まで冷やしてはいけない、と慌てて引き抜こうとしたとき、ぎゅっと指先を握られた。次いで、指同士が絡むように握り直される。

「自分でも信じがたいことに、現状に不満はない。わかるな？」

つないだ手に目を落とす静馬の表情は本当に穏やかで、櫻子は胸が苦しくなった。

けれど冷え切った手では握り返すこともできない。

(私の心が追いつくのを待ってくださっている……この優しさに報いたいのに。せめて今、できることがあればいいのに)

いつまでも甘えてばかりではいられないと決心し、櫻子はおそるおそる問うた。

「では……ほかに何か、私に求めたいことはありませんか?」

「ほかに? あまり思いつかないが……」

静馬が悩むそぶりを見せた。大真面目な口調で、

「頼むから、あまりほかの男を惹《ひ》き寄せないでくれ、というくらいか」

「そんな心配はご無用です。ご安心ください」

櫻子は凛々しく答える。人の目を惹く点があるとすれば「無能」くらいだ。櫻子自身が誰かを魅了するとは考えにくい。

櫻子による的確な返事に、なぜだか静馬は片手で前髪をぐしゃりとかき混ぜ、深い嘆息を漏らした。

「……やっぱり、置いていくのが不安になってきたな」

「そ、そんな。私は大丈夫ですので、静馬さまはお仕事に集中なさってください」

「その集中を一番乱すのは櫻子なんだが」

「では、私はおそばにいない方が……?」

「そういう意味じゃない」

静馬は耐えきれないというようにぎゅっと櫻子を抱きしめ、耳元で囁《ささや》いた。

「こんなたわいもない会話がしばらくできないなんて、本当に寂しくなるな」

第二章

翌朝は快晴だった。頭上には澄み切った青い空がどこまでも広がり、けれど乾いた冬の空気が頬を打つ。

「――では、行ってくる」

「行ってらっしゃいませ」

櫻子は玄関ホールから静馬を見送った。いつもと変わらぬ朝の風景だった。

静馬の姿が見えなくなるまで、櫻子は玄関口に立っていた。その身にまとう紬《つむぎ》の袖が寒風に揺れる。鶸色《ひわいろ》の地に描かれた雪持ち椿が、頼りなげに震えて見えた。

さて、とホールの中に戻ったとき。

（あれ……？）

いつもと変わらないはずの屋敷が、やけにガランとして感じられた。

静馬が出仕しているときと何も変わらないはずなのにホールは妙に広く、屋敷の奥につながる廊下はどうにも薄暗い。

厨《くりや》や洗濯室の方からは、使用人の皆が立ち働いている気配が伝わってくる。櫻子は一人きりで取り残されているわけではない。

それなのに、じわじわと胸に湧いてくる寂寥感《せきりょうかん》に、櫻子は一歩も動けなくなってしまった。

（こ、これが寂しさ……）

孤独とはまるで違う。

櫻子は身震いする。浅く呼吸しながら、相良家で誰からも遠巻きにされていた頃を思い出す。

実の家族からぶつけられる悪罵、気味悪そうに櫻子を避ける使用人、自室がわりにあてがわれた蔵で一人見上げた、月の光。

永遠に周囲に降り積もるだけの、孤独とは。

――でも。

櫻子はぎゅっと拳を握り、えいっと宙に振り上げた。

（いずれ静馬さまは帰ってくるのだもの。こんなことで挫けていられないわ。今日も頑張ろう！）

「あら、こんなところで何を不審な動きをしているの？」

「わっ⁉」

聞き覚えのある声が背後から聞こえて、櫻子は勢い良く振り向いた。二、三歩たたらを踏んで、玄関口に立つ人影を見つける。

「おはよう、櫻子さん。静馬はどこかしら」

果たしてそこに立っていたのは沙羅だった。さんさんと降り注ぐ朝日の下、自信たっぷりな笑みを浮かべている。

先ほどまで脳裏を占めていた寒々しい過去とのあまりの違いに、櫻子はぽっかりと口を開ける。それから、おずおずと答えた。

「静馬さまはもうお出かけになられました」

「もう出かけてしまったの？　いつ帰ってくるのかしら」

沙羅はぽんぽんと言葉を繰り出す。だから櫻子も、答えを打ち返すことに集中できた。

「はっきりとはわかりません。ひと月後の予定ではありますが」

「どういうことよ？」

櫻子はかいつまんで事情を説明する。沙羅はふんふんと話を聞いていたが、隠谷、という地名が出てきた瞬間、

「隠谷へ？　入れ違いになってしまったじゃない！」

不服そうに眉根を寄せた。櫻子は「はあ……」と曖昧に頷くしかない。

「まったく、静馬がいないとわかっていたら、もっと暖かい恰好をしてきたのに」

ぶつぶつ呟いて鼻を鳴らす沙羅を櫻子は見返した。

今日の沙羅は、華やかな菖蒲色《しょうぶいろ》のワンピースをまとっている。体の輪郭を強調するようなぴったりとしたデザインで、大きく開いた胸元には昨日と変わらず小さな銀の鍵が輝いていた。

櫻子は口元に手をやる。

「その服……まさか、寒いのですか？」

「当たり前じゃない！　美しさで暖が取れるなら苦労しないわよ！」

沙羅は吼《ほ》えながら、寒そうに自分の腕をさすっている。櫻子は慌てて沙羅をホール内へ引き入れ、開け放たれていた玄関の扉を閉めた。

「沙羅さまは寒くないのかと思っておりました。そんなところも私とは違うのかと」

「私の魅力を一番引き立てるから、この恰好をしているだけ。見せる相手がいないなら無駄に寒いだけだわ。……くしゅん！」

沙羅がくしゃみをすると同時、櫻子の悲鳴を聞きつけたのか小鞠がやってきた。沙羅を前にした途端、血相を変える。

「本当に来たのですわね！」

「おはよう、小鞠。もちろん来たわよ」

「裏門は塞いでおきましたのに！　どうかお帰りくださいな」

「この屋敷にはよく出入りしていたもの、ほかの通用門も把握しているのよ。ようこそおいでくださいました、と言い直す時間を与えてあげるわ」

「よくも抜け抜けと……！」

「あ、あの、霞さん」

さっそく言い争う二人の間に、櫻子は控えめに割って入った。

二人が怪訝そうに櫻子を見る。反駁《はんばく》される前に、櫻子はできるだけ急き込んで、

「沙羅さまは寒いみたいなんです。温かい飲み物を用意してもらえませんか？　それに沙羅さまも、客間へ行きましょう。ここは冷えますから」

沙羅も小鞠も、毒気を抜かれたように顔を見合わせる。

ややあって、先に口を開いたのは小鞠だった。

「かしこまりましたわ、奥様。鼈《すっぽん》の生き血などでよろしいでしょうか？」

「よ、よろしくないです!?　もっとほかの……ええと、ホットミルクなどどうでしょうか。沙羅さま、牛乳はお好きですか？」

「えっ？　……まあ、飲んであげても構わないけれど。蜂蜜をたっぷり入れてね」

「では霞さん、お願いします」

「くっ、かしこまりましたわ。よく温まるよう、桂皮《シナモン》も入れて差し上げますわ」

小鞠が悔しげに一礼してホールを去る。

その背を見送ったあと、櫻子は沙羅を仰ぎ見た。近くに立つと沙羅は櫻子より頭半分ほど背が高い。

「では、私たちは客間へ参りましょう。……沙羅さま？」

呆気《あっけ》に取られたような顔をしていた沙羅は、櫻子の声にハッと瞬きした。そうして

何とも言えない目つきで櫻子を見下ろす。

「……何だか、調子が狂う娘ね。妾になりたいなんていう女は外に立たせて、泥水でも飲ませておけばいいのに」

「泥水がお好きなのですか!? お腹を壊すのでおすすめしませんが、お好きなブレンドがありましたら、霞さんにお願いしますよ」

「そんなわけないでしょう！　行くわよ！」

「わあっ」

意気揚々と歩き出した沙羅がぶつかってきて、櫻子はよろめいた。

「あら、ごめんなさい、見えなくて。怪我はないわね？」

「は、はい。大丈夫です」

見えないような距離だったたか、と不審に思いながらも櫻子は気を引きしめる。

廊下を先に立って歩き出しつつ、今は客間への案内に集中しなくてはと言い聞かせた。初めて感じた寂しさというものは、胸底に沈めておくことにして。

昨日と同じように三人は客間に落ち着く。ローテーブルを挟んで向かい合う沙羅と櫻子。櫻子の後ろには臨戦態勢の小鞠が立つ。

沙羅は蜂蜜と桂皮の香るホットミルクを飲み、人心地ついたかと思うと「私の用だけれど」と切り出した。

「昨日言った通り、私は簡単に諦める女ではないわ。今日は櫻子さんに一体どんな魅力があるのか、見定めに来て差し上げたのよ」

「私を？」

こちらは紅茶を飲んで、櫻子は問い返す。

「そうよ。私は絵描きですもの。鑑定眼には自信があるのよ」

沙羅は自信満々だ。それから、あっと思い出したように両手を打ち鳴らす。

「これは手土産よ。喜んで収めなさいな」

「手土産？」

謎の律儀さに面食らう櫻子に、沙羅は当たり前のように首肯した。

「そうよ。他人の家へお伺いするときには手土産を持参する。常識でしょ？　昨日は忘れてしまってごめんなさいね。昨日の分とあわせて、二つ持ってきたわ」

そう言って、持参していた包みから大きなチョコレート缶と画帳を取り出した。

チョコレート缶は円形で、蓋には外つ国の天使が描かれている。

開けてみると一口大のチョコレートが宝石のようにいくつも並んでいて、一目で高価なものと知れた。

現に背後で小鞠が「あら、チョコレートボンボンですわね。百貨店で一番高い品ですわ」と呟いている。沙羅の懐具合と気合いの入りぶりが窺えた。

「あ、ありがとうございます。そちらの画帳は？」

チョコレート缶を小鞠に渡した櫻子が聞くと、沙羅が瞳を輝かせて画帳を開いた。

「こちらは私の昔のスケッチよ。仁王路家の皆さんを描いたものがあって。ほら、このことか。まだ技術が拙くて恥ずかしいのだけれど」

タコのできた指でぱらぱらとめくってみせる。櫻子は目を丸くした。

幼い静馬が本を読む様子や、その姉の千鶴の微笑みが描かれている。四阿《あずまや》で静馬と話す美しい貴婦人は静馬の母の環《たまき》だろうか。どれも丹念に線を重ねて描かれ、生き生きとした表情を浮かべている。写真ともまた違う、息遣いまで写し取ったような描き込みが印象的だった。

「すごい……！」

櫻子はいっぺんに気に入ってしまって、思わず感嘆の声をあげた。

「そうでしょう、そうでしょう」

沙羅が嬉しそうに頷く。夢中になって覗き込む櫻子の後ろから、小鞠が不審げに言った。

「ですが、どうしてこれが手土産になるんですの？　自分はこれだけ過去を知っている、と喧嘩を売っていらっしゃるようにしか見えませんわ」

「な……っ」

その瞬間、沙羅が初めて口ごもった。表情からも先ほどまでの嬉しげな色が拭い去られる。

沙羅が答えるまでに、否定しようのない間があった。

「こ、これは、そういう目的ではないわ。私の、絵だけは」

「そんな言い分は信じられませんわ。今までの振る舞いを顧みてくださいまし」

「だとしても、私は自分の絵をそんなことに使わないわ！　世界がひっくり返ってもね！」

「わかったものではありませんわ。自分の望みを叶えるためなら、どんな手を使ってもおかしくない方に見えますもの」

気色ばんだ小鞠を、櫻子が遮った。

「でも、私は嬉しいですよ」

沙羅が勢い良く櫻子を振り仰ぐ。櫻子の目は画帳に釘《くぎ》づけになったままだった。

相良家では絵画に触れる機会などなかった。静馬と結婚してからは美術館を訪れる機会もあったが、そこに描かれているのは自分とは縁遠い風景ばかりで、色が綺麗、だとかいうぼんやりした感想を抱くだけだったのだ。

それが今、見知った人々の写し取られた情景を前にして、初めて櫻子の瞳が開かれような気がした。

何と素晴らしいのだろう。

「昔の皆様の様子を、こんな形で知れるなんて思いませんでした。絵というのは本当にすごいですねえ。ほら、この絵なんか会話が聞こえてきそうです。きっと静馬さまが何か怒られているのでしょうね」

　そう言って櫻子が指差したのは、縁側に座った静馬と、その前に立つ千鶴が微笑む様を描いた絵だった。けれど千鶴の微笑みには冷ややかさが差し込まれ、目が笑っていないだろうなということが伝わってくる。

　沙羅が呆《ほう》けたように顎を落とした。どこか躊躇《ためら》いがちに、

「え、ええ。それは私も上手く描けたと気に入っているわ。そのときは、静馬が千鶴さんの簪《かんざし》を壊してしまって千鶴さんがとても怒っていらしたのよ」

「ふふっ。今の静馬さまからは想像もできませんね」

　おかしくなって櫻子はくすくす笑う。そうして画帳を丁寧に撫でた。古色が滲んではいるが虫食いもなく、綺麗なものだ。

　どうして彼女がこれを手土産と称したのか、わかる気がした。

　ふっと顔を上げてみれば、沙羅とはっきり目が合った。

「きっと画家を目指す沙羅さまにとっては、自分の作品というのは何より大切で、一

番価値あるものなのではないですか？　この画帳だって、きちんと手入れされておりますし」

「な、何よ……」

沙羅は声を震わせ、食い入るように櫻子を見つめてくる。

櫻子は胸にこみ上げてくる気持ちを拾い上げるように、とつとつと言葉を紡いだ。

「だからこそ、手土産に値する品なのでしょう？　そんな大切なものを見せていただけるのは、嬉しいですよ」

大きな窓からは淡い日差しが注がれる。その光に包まれて、沙羅と櫻子の輪郭が白く縁取られる。

大きく開かれた沙羅の瞳の奥、ずっとぎらついていた敵意の棘《とげ》が、少しだけ丸くなったように見えた。

沙羅の頬に血色が戻ってくる。彼女は櫻子の視線を避けるようにうつむき、すんと鼻を鳴らして独りごちた。

「……やっぱり調子を狂わせてくるわね」

「あの、もしよろしければ、昔のお話を聞かせていただけたらもっと嬉しいのですが……」

櫻子は画帳を両手に持ってお願いする。沙羅は乱れた前髪をさっと払うと、自信たっぷりに笑った。

「いいわよ。聞かせてあげるわ」

それからしばらく、櫻子は沙羅の昔語りに耳を傾けた。

どれも毒のない、穏やかな、たわいのない挿話だった。小鞠が微笑んで、静かに客間を辞してしまうくらいに。

櫻子は楽しく相槌《あいづち》を打ちながら、でも、この穏やかさは気遣われている、と思う。

静馬と沙羅の仲がどれほど良かったのか、と自慢する風情はなく、かつて事件を起こした仁王路一臣《かずおみ》の件は慎重に排除されている。

つまり、櫻子を楽しませようという意思を感じる。

（……沙羅さんは、こういう気遣いもできる方なのだわ。それなのに、どうして妾になるだなんて、突然押しかけるような真似をしたのかしら）

ただの二面性と言ってしまえばそれまでだ。けれど櫻子の眼裏には絵を見せてくれたときの沙羅の嬉しそうな顔がちらついて、そんな一言で片づけてしまいたくはなかった。

「あの、沙羅さま」

「何？」

応じる声音はずいぶんやわらいでいた。櫻子は上目がちに問いを放つ。

「沙羅さまは、もし静馬さまの妾になれなかったら……どうなってしまうのですか?」

「……………」

沙羅は口を閉ざし、首元の鍵に手をやった。指で鍵をいじりながら窓に目を向ける。

「……もし静馬の妾になれなければ、私は画家の夢を諦めて、家族の勧める華族と結婚しなくてはならないでしょうね」

静かな口調だった。すべてを受け入れたような、喪《うしな》ってしまったような、恐ろしいほど凪《な》いだ横顔だった。

「それは、沙羅さまが断ることはできないのですか?」

櫻子の問いに、沙羅は悲しげに笑った。

「家が混乱している今、私ばかりが夢を追いかけるわけにはいかないわ。たぶん、同じく隠谷に根を張る伯爵家——萩野《はぎの》家へ嫁ぐことになるわ」

「で、でも、結婚しても画家を目指すことはできるのですよね?」

「やっぱり櫻子さんは可愛いわね」

言い募る櫻子に、沙羅は薄い笑みを作った。

「普通はね、伯爵夫人が画家を目指すなんて許されないのよ。結婚したらきっと、私は夫の同行者としてしか帝都に来られないわ。隠谷から出る機会さえ限られるでしょうね」

「そんな……」

櫻子は膝に置いた手を握り込む。自分の浅はかさが恥ずかしかった。誰かと結婚しても画家を目指せばいいなんて、そんなわけないのに。

(沙羅さまはこんなに絵がお好きで、一途に夢を追いかけていらっしゃるのに……とっても素敵な絵を描くというのに……)

総身が震える。彼女が前にしている人生の岐路の途方もなさと、その一端に自分が関わり得る、ということに気づいてしまった。

もし、と恐ろしい考えが忍び寄ってくる。

(もし私が……静馬さまに……沙羅さまを、妾に、と……)

その先を想像しただけで、手足の先から血の気が引いていく。絶対に考えたくなかった。でも、目の前の沙羅を、未来に描かれるはずの沙羅の絵の喪失を放っておくこともできなかった。

くらりと目が回る。その横面を張るように、ぴしゃりと声が投げられた。

「勘違いしないで頂戴」

窓を向いていた沙羅が、射貫くように櫻子を見ていた。両目の底では火花が激しく散っていて、その強さがふらつく櫻子を釘づけにした。

「私は憐《あわ》れみなんか欲しくないの。すべては自分で勝ち取ってこそ意味がある。いいこと？　櫻子さんが私に妾の座を献上してみなさい。ぶっ飛ばすわよ」

「ぶっ……」

物騒な言葉に櫻子は絶句する。それから、小さく笑った。その通りだった。

「ええ。そうですね。沙羅さまは私にないものばかりをお持ちの方ですから、私が差し上げられるものなんて、ありません」

「そうよ。私は櫻子さんに必ず勝つの。ほら、話の続きに戻るわよ」

沙羅が画帳をまためくり出した。

次の頁《ページ》には、仁王路家の面々ではない見知らぬ男性の絵があった。櫻子は首をかしげる。

「この方はどなたですか？」

「私の父よ」

櫻子はまじまじと男の絵を見つめる。沙羅の父は、入道雲の湧く空の下、縁側に座ってこちらを向いていた。三十半ばの頃の絵だろうか。厳しそうな顔つきだが眼差しには柔らかさが滲んでいる。

きっとその視線の先には、何よりも可愛い愛娘——沙羅がいるのだろう、と確信を抱かせる筆致だった。

沙羅がそっと指を伸ばし、その絵に触れた。

「父は私をとても可愛がってくれたわ。でも最後まで、画家になることは反対していたわね。……私の個展に呼んで、目に物見せてあげたかったのに」

「でも、美術大學への進学は許されたのでしょう?」

「それも一悶着《ひともんちゃく》あったのよ。父は普通の女学校へ通わせようとしていたわ。でも私はそんなの嫌だったから大喧嘩して、最終的に父が折れたの。ときどき手紙が来たけれど、大學は辛くないかーとか、辞める気はないかーとか、そんな内容ばかりだった。お返しに、作品の話や公募展で賞を取った話をしたけれどね」

「公募展?」

聞き慣れぬ単語だ。沙羅が説明してくれる。

「主催者が募集した作品を審査して、入選作品を展示する展覧会のことよ。やっぱり、画家になるにはそういうところで画壇の目に留まるのが一番だから」

大会に出場して優勝するというようなものなのだろうか。

櫻子が納得していると、沙羅が大きなため息をついた。

「ちょうど今、至間國で最も大きい公募展に作品を出しているところなのだけれど、結果が出る頃には私はどうなっているかしらね……」

長椅子の背にもたれて、誰にともなく呟く。

「あの公募展で結果を出せれば、画家として一歩踏み出せる。お父さまが見たら、何と言ったかしら……」

お父さま、と呼ぶ声は柔らかい。沙羅の指がまた首元の鍵に触れる。櫻子が見ていると、沙羅が「ああ、これ？」と呟いた。

「これは父の遺品よ。父の部屋を整理していたら、《沙羅へ》ってメモと一緒に小さな金庫があってね。それの鍵なの」

「中身は何だったのですか？」

「それが開けられないのよ。父の異能で封じられているから」

「異能？」

沙羅が櫻子のカップに触れた。カップにはまだ半分ほど紅茶が残っていて、琥珀色《こはくいろ》の水面が滑らかに広がっている。

「〈封印〉というの。見て」

そのまま沙羅がカップをひっくり返したので、櫻子は驚いて椅子から腰を浮かせた。

「……えっ？」

しかし、中に入っていたはずの紅茶がこぼれることはなかった。

よく見ると紅茶は微動だにせずカップに収まっている。

唖然《あぜん》とする櫻子に、沙羅が淀《よど》みなく解説を始めた。

「対象を〝封じる〟異能よ。要するに、一度触れたら任意のものを閉じ込めることができるの。たとえば今は、紅茶をカップに封じたのよ。百済原家は代々〈封印〉の異能が発現することが多くて、私の父も兄も同じ異能を持っているわ」

沙羅がカップを机の上に戻し、もう一度触れた。

「はい、これで解除。とはいえ百済原家の異能の強さは人それぞれで、その代で最も強い異能を持つ人間が当主になれるというわけ。父の死後は兄が跡を継ぐ予定よ」

「異能が強ければ強いほど、色々なものを封じられるのですか？」

「そう。目に見えるものは封じやすいけれど、それ以外はなかなか難しくなってくるわね」

「それ以外、とは？」

「人の意識、とか」

さらりと言われて、櫻子は硬直した。

「意識を、肉体に〈封印〉する——。封じられた人間は、異能を解除するまで目覚めない。私はせいぜい一人が限界だけれど、父や兄は複数人を相手取るから大したものよ」

「そんなことができるのですね……」

しみじみ呟いた櫻子に、沙羅が決まり悪げに目を向ける。

「私のこと、怖がっても構わないわよ」

「えっ？　どのような意味でしょうか？」

「……強がり、というわけでもなさそうね。ならぼんやりしているのかしら。普通は怖いでしょう、こんな異能。ただでさえあなたには異能がないのだし」

そうか、と得心がいく。目の前に自分の意識を奪える人間がいるとなれば、怖がるのが自然だ。それが敵対している立場ならなおさら。

だが、櫻子はちっとも怖くなかった。おそらく無能の櫻子には沙羅の異能は効かないだろうが、それが理由ではない。

櫻子はにっこり笑った。

「怖いなんて思いませんよ。沙羅さまはそんなことなさらないでしょう」

「……ふん。簡単に絆《ほだ》されてくれたわね」

「ほ、絆されたつもりはありません。私は、自分の目で見たものを信じてみようとしただけです」

沙羅が静馬の妻になりたいのは本当だろう。だが、櫻子を異能で襲って無理やりその座を得ようとするような人間とは思えなかった。それを自分の力で勝ち取ったと吹聴して満足する人ではない。今までのやり取りからそう感じる。

沙羅が呆れたように肩をすくめた。

「おかしな子ね。これは私が妻になる日も近いかしら」

「それは……」

沙羅の何気ない返答が、ちくりと櫻子の胸を刺した。

「確かに、私はおかしいのかもしれません。静馬さまを譲れないのは絶対に本当です。でも同時に――」

画帳を持って、目の高さまで上げる。思えばこんなに近くで絵に触れるのも初めてだ。

「私は沙羅さまの絵を好きになってしまいました。だから、こんなに素敵な絵を描かれるのに、やめてしまうのはもったいないって心底残念がってしまうのも本当なのです」

沙羅が鋭く息を呑み、見開いた目で櫻子を見つめた。

櫻子はその視線に気づかず、ぬるくなった紅茶を飲む。もっと世界が単純だったら良かったのに、と相反する気持ちを抱えた心臓がちょっと痛かった。

カップを戻して、画帳の頁を何枚かめくる。

もう一つ、何となく気になっていたことがあった。

「あのう、このスケッチ、静馬さまだけやたら力が入っておりませんか？」

「えっ⁉　わかるの⁉」

沙羅が突然頓狂な声をあげる。その勢いに櫻子はびくっとした。

「だ、だって、明らかに書き込みが多いですし、そもそも色が塗ってあるのも静馬さまの絵だけですし……」

「ぼんやりのくせに何て目ざといの。本当に異能がないの？〈千里眼〉とか持っているのではないかしら」

誰でもわかると思います、という言葉は呑み込んだ。沙羅は顔を真っ赤にして、両手で覆っている。手のひらの隙間から弱々しい呻《うめ》き声が聞こえてきた。

「……初恋なのよ！　悪いかしら！」

「悪くはありませんが」

「そうよ！　悪くないわよ！」

顔を押さえたまま沙羅は「うぅぅ……」と小動物じみた鳴き声をあげて、うつむいてしまった。先ほどまで活力に満ちあふれていた体が、ものすごくちいちゃくなって見える。

（……可愛らしいと言ったら、沙羅さまはお怒りになるでしょうけれど）

何だか微笑ましくなって、櫻子は尋ねた。

「どうして初恋なのですか？」

「よくこの状況で聞けるわね……」

沙羅がだらりと手を下ろし、おもむろに頭をもたげる。勝ち気な瞳を眩しげに細めて、ゆっくりと語り出した。

百済原家の長女である沙羅が絵に熱中しているのは、社交界では周知の事実だった。絵を描く、というのは、趣味程度であればたしなみの一環として受け入れられる。しかし沙羅のそれは度を越えていた。寝食を忘れて絵筆を取ることもしばしばで、あまつさえ画家になりたいなどと公言する。

そんな沙羅を、社交界の人々は苦笑とともに受け入れた。百済原家の沙羅お嬢様は、見目麗しく異能も強く毛並みの良いご令嬢だけれど、あの趣味だけは玉に瑕《きず》ね。画家になんて、なれるわけないのに、と。

沙羅は気にしないふりをした。描くべきものはこの世にたくさんあった。それらすべてを描く前に、自分の寿命が訪れるのが恐ろしかった。沙羅はまだ幼かったが、自分の未来よりも世界の方が遥かに大きく広がっている事実に気がついていた。

けれど――。

画布に、和紙に、絵絹に。さまざまに描いた沙羅の作品をまともに見てくれるのは家族だけだった。

自分に向けられる苦笑までは耐えられた。ただ、自分の絵が顧みられないというのはどうしようもなく辛かった。

そうして迎えた、華族女学校の初等科を卒業する年の、秋。何かの用事で静馬とその父である儀人《のりひと》が百済原家を訪れたことがあった。

沙羅はそのとき、河原で写生をしていた。屋敷で挨拶を交わしたあと、静馬は相変わらず一人で本を読んでいるし、話しかけても素っ気ないしで、だったら自分も好きにしようと思ったのだ。

『まさか本当に、こんな場所で写生とは』

だから突然かけられた声に、沙羅はびっくりして鉛筆を持った手を止めた。画帳から顔を上げると、無表情の静馬が立っていた。白銀の髪が光を受けてきらめいている。

ちらりと沙羅の手元に目を走らせ、

『百済原家ご令嬢の悪癖か』

『悪癖だなんて、よしてよ。静馬』

『こちらの学校でも有名だぞ。百済原家のお嬢様の絵狂いは』

静馬はそのとき帝都の華族学校へ通っていた。そんなところまで噂が広まるなんて、相当なものだったのだろう。

沙羅はプイッと顔を背けた。

『あらそう。ご親切に、そんな素晴らしいことを教えに来てくれたの？』

『いや、そろそろ昼食なのに沙羅が帰ってこないから、僕が迎えに行くよう頼まれただけだ』

『もうそんな時間!?』

絵を描いていると時間が経つのを忘れてしまう。慌てて鉛筆をしまう沙羅に、静馬が一歩近づいてきて画帳を覗き込んだ。

『川と橋だな。ここから見た風景か？』

『な、何よ』

沙羅はとっさに画帳を胸に抱きしめた。

画帳には、目の前の川と向こうに架かる橋、そして橋の上を行き交う人々の様子が描かれている。沙羅は人を描くのが特に好きだったのだ。

静馬は表情を変えずに淡々と続けた。

『絵を見られるのが嫌なのか？　だとしたら、すまなかった。不躾だったな』

『別に嫌というわけではないわよ』

沙羅はうつむいて画帳を体から離した。家族以外の人間が沙羅の絵に興味を持つのは初めてだったから、動揺してしまったのだ。

静馬は了承と取ったのか、沙羅の手元に視線を注ぐ。

『へえ……良い絵だな』

驚いたように目を見張って口にした短い賛辞は、本当に感心しているようだった。

それはたぶん、家族以外から初めて受ける褒章だった。だが沙羅は口元が緩みそうになるのを必死に堪え、つんと答えた。

『心にもないお世辞は結構よ』

静馬は心底不思議そうに問い返す。

『お世辞じゃない。何だそのひねくれた返事は。沙羅らしくもないな』

『私らしいってどういうことよ』

『高笑いでもして、素直に褒め言葉を受け取ると思った』

『静馬が私をどう思っているのかよくわかったわ』

真面目くさった静馬の返事に、沙羅は重いため息をつく。静馬にとって沙羅は、とても単純で高慢な人間らしい。そんなに物事が簡単だったら、沙羅はこんなに苦しくないし、世界はこんなに美しくない。だからほんの少しだけ本心を見せることにした。

『……令嬢らしくないって、皆言うわ。画家になんてなれっこないから、絵なんかやめたらいいのにって。静馬だってそう思っているのじゃないの』

『確かに令嬢らしくはないな』

沙羅の迷いに頓着せず、ばっさりと告げられる。反射的に言い返そうとした沙羅の鼻先に、静馬がさらに言葉を突きつけた。

『第一、沙羅の絵への熱中ぶりは伝わってくるのに、肝心の絵の評判は一向に聞こえてこなかった。誰も見ていないんだろう』

『な……っ』

カッと頭に血が上る。心の柔らかいところを土足で踏み躙《にじ》られた気がして、沙羅は立ち上がっていた。もし沙羅に令嬢としての分別がなければ、掴みかかっていたかもしれなかった。

『そんなことわかっているわよ！　だからやめろと言うのかしら！　誰も見ない絵なんて価値がないから！』

『そうじゃない』

静馬は短く言って、挑むように沙羅を見つめた。

『周りの人間は、沙羅の絵について何も知らない。まともに目も向けないんだからな。そんなやつらから好き勝手に言われて絵をやめてしまうのか？』

沙羅は呆然として、河原に立ち尽くした。

やめられない。やめられるわけがない。

でも、誰にも見てもらえない絵に一体何の価値があるだろう。

二人の間を色なき風が吹き抜けていく。河原にまばらに生えた草が、身を寄せ合うようにさやさやと揺れた。

そうして何も言えなくなってしまった沙羅に、静馬は密やかに言ったのだ。

『そんなつまらないことで絵をやめるなんてもったいないと思う。少なくとも、僕は沙羅の絵が好きだ』

天から注がれる光の眩《まばゆ》さ、白く輝く川面、まっすぐに向けられていた静馬の瞳。

何もかもが、いまだに沙羅の眼裏に灼《や》きついている。

――それで、沙羅は静馬に恋してしまったのだ。

「あなた、あのときの彼と同じこと言うのね。静馬から話を聞いていたのかしら？」

「め、めっそうもございません！」

「冗談よ。……夫婦だから、かしらね」

ぴゃっと飛び上がった櫻子に微笑みかけ、沙羅はホットミルクを飲み干した。喉の奥にわく苦さを、牛乳と蜂蜜の優しい甘さがかき消してくれる。

昔語りをする間も、沙羅は櫻子を観察していた。

櫻子は真剣に聞き入って、時に息を呑み、時に身を乗り出し、ずっと目をキラキラさせていた。まるで、親しい友人の思い出話を聞くように。

（……本当に、変な子）

櫻子にとって沙羅は憎むべき敵のはずだ。自分の要求がどれほど勝手か、沙羅だって理解している。妾になりに来た、だなんて。

もしも沙羅がそんなことを言われたら、はらわたが煮えくり返って話なんて聞かずに屋敷から叩き出して、悪態をつきまくって二度と会わないに違いなかった。

（でも、櫻子さんはそうではなかった）

沙羅の要求に耳を傾け、その上でハッキリ断った。沙羅を悪く言うでもなく、ただ自分の気持ちだけを支えにして。選ばれた人間の余裕というには、必死すぎる態度で。

きっと、櫻子の静馬への想いも深いのだろう。そんな櫻子にとって沙羅はどれほど憎たらしかっただろう。

妾になりたいだなんて勝手なことを言って、元婚約者の立場をこれでもかと振りかざして、仲の良さを見せつけるように静馬と話して。櫻子と仲の良さそうな小鞠にも散々失礼な発言をして。

櫻子にしてきた振る舞いの数々が、沙羅を苛む。

本当に嫌な女だった。絵に描く価値もないくらい醜い存在だった。

だというのに櫻子は再度の訪《おとな》いを受け入れ、寒さに震える沙羅を温めようとし、自慢と捉えられかねない手土産の画帳を喜んで受け取った。あげくの果てにそんな沙羅の絵を好きだと言う。いつかの秋の日、沙羅を恋に落とした人と同じように。何の含みもなく、心底そう思っているからとでもいうように。

（どうしてそんなふうにあれるのか……私には理解できない）

底抜けのお人よしなのか。それとも。

櫻子が考え考え、言葉を継いでいる。

「私と静馬さまの発言が重なったというなら、それは沙羅さまの絵が理由でしょう。きっと今も昔も変わらず、見た人の心に同じ感動を残すのです」

「そうかしら。私には、あなたたちが……」

言いかけて下唇を噛んだ。それ以上いえば、腹の底からこみ上げてくる感情が決壊してしまいそうだった。

櫻子は、自分が沙羅に何をもたらしたのか気づきもしない様子で画帳をめくり、

「この絵も綺麗ですね。どこで描いたものですか？」などと尋ねてくる。

優雅を装って答えてやりながら、沙羅は喉で押し留めた震えを懸命に呑み下した。

（……こういう子、だから）

絵描きである自分の鑑定眼に自信があるならば、沙羅は認めなければならなかった。

（この子が、静馬にとってのただ一人、なのね）

沙羅は本当に、静馬が好きだった。彼に選ばれたくて、何度も話しかけて親しくなって、令嬢として生き、画家を目指し、自分なりに頑張っていたつもりだった。

だが、ただ押しつけるだけの恋情ではだめだったのだろう。

だから念願叶って婚約者となったあとも結局、幼馴染の域を出られなかった。

櫻子よりも長く静馬のそばにいたというのに、一寸たりとも縮まらなかった距離を思う。それが答えなのだ。たとえ櫻子がいなかったとしても、沙羅は静馬の唯一にはなれなかった。

「……ねえ、櫻子さん」

「はい？」

口から出た声は、思ったよりも穏やかだった。でも悔しいから、少しだけ意地悪をしたくなる。

「どうしてあなたは、直接私と対峙《たいじ》しようと思ったの？　静馬が私の申し出を断った以上、私を相手にする必要はないでしょう。それこそあなたが悲しそうな顔をするだけで、私を追い出しにかかる人間はこの屋敷にたくさんいるのではないかしら」

櫻子は丸い瞳をぱちくりさせ、沙羅を見つめ返した。

「そんなことはないと思いますが……。だとしても、私はそうしたくなかったのです。一度でも自分のできることを手放してしまったら、私はもう二度と静馬さまのおそばにいられない――自分自身に許せないと思って」

はきとした返事に、沙羅は笑った。

可愛いだけかと思ったら、なかなかどうして地に足がついている。

周囲からの好奇の視線を撥ねのけて我が道を爆進してきた沙羅にとって、その気質は清々しく映った。

（その気持ちは理解できるけれど。でもきっと、私には手の届かないあり方。だからこそ……美しいのね）

絵描きとしての矜持《きょうじ》が、恋敵への嫉妬を塗り替える。ずっと胸にわだかまっていた靄が晴れて急に肩が軽くなり、沙羅は深々と息を吐き出した。

窓からの陽光を受けた、眼前の櫻子を眺める。

画帳に夢中になって、黒髪の一筋が目元にかかっているのに気づいていないようだった。手を伸ばして払い除けてやると、慌てたように髪を押さえ、にこっとはにかむ。その左手の薬指には、透き通る貴石の嵌まった指輪が輝いていた。

さっきまでよりも色鮮やかで和やかで親しみ深い風景が、そこにはあった。

（でも、静馬に誕生日プレゼントを渡せないのは少し残念ね）

持参した風呂敷包みに思いを馳《は》せる。あれには手土産だけでなく、静馬への誕生日プレゼントも入っていたのだ。

婚約中は、彼の誕生日に毎年プレゼントを贈っていた。

沙羅の誕生日には仁王路家を代表して、という名目で折り目正しい贈り物が届いたものの、静馬個人から何かを贈られたことはない。あくまでも儀礼的なものだ。沙羅だって同じようにしてもよかったが、どうしても静馬の目に留まりたくて、帝都にいる間も留学してからも変わらずに毎度高価な品々を選び抜いた。

もし沙羅が結婚することになれば、きっともう渡せない。だから会えるうちに渡そうと思っていた。もちろん下心込みだ。

けれど今はもう、贈り物で歓心を買おうというつもりは毛頭ない。親しい友人であることには違いがないが、祝いの言葉だけ贈ればそれでいい。

それに、櫻子からの誕生日プレゼントの方がよっぽど喜ばれるだろう。

そう考えて、沙羅はふっと櫻子に尋ねた。

「櫻子さんは、静馬の誕生日には何を贈るの？」


「えっ……」

柔和な口ぶりで突如放たれた問いに、櫻子は固まった。

沙羅の雰囲気が変わったことには気づいていた。櫻子に向けていた害意が抜け、勘違いでなければわずかな心安さのようなものを醸し出している。

だからこの質問も、櫻子を苦しめようとしているものではない。

そう察しているのに勝手に身構えてしまうのは、櫻子のせいだ。

「ええと……まだ何も決めておらず……」

「まあ。もうひと月後でしょう？　手に入りにくいものだったら準備しないと間に合わないじゃない。早く決めた方がいいわよ」

沙羅の声が高くなる。しかしその口ぶりは責めるものではなく、要領の悪い妹分をしょうがないなあと嗜《たしな》める姉のような風情だった。

櫻子は膝に手を置いて、ボソボソと答える。

「私には……何も思いつかず……」

「静馬なら、櫻子さんの選んだものなら何でも嬉しがりそうなものだけれどね。今まではどうしていたのよ？」

「その、何も贈ったことがなく……」

櫻子は誕生日という概念を忘れ去っていたし、そもそも色々事件が起こっていてそれどころではなかった。

櫻子のもたついた返事に、沙羅が片眉を上げる。

「ふぅん？　ま、いいわ。だけど、何か贈るつもりはあるのでしょう？」

「そ、それはもちろんです！」

櫻子は勢い込んで顔を上げ、ぶんぶんと頷いた。沙羅がくすりと笑う。

「なら、何も問題はないじゃない。そうね、今まで自分がもらって嬉しいものを手がかりに考えてみたら？」

「自分が……？」

途方に暮れて独りごちる。無からは何も生み出されない。

櫻子の反応に、沙羅が口元に手をやった。何事か思案するように目を伏せ、それからぱっと顔を明るくする。

「いいわ。煮詰まったときには外に出るのが一番よ。百貨店へ行って色々見て回りましょう」

「えっ、今からですか？」

「善は急げよ。こういうのは家で考えていても解決しないもの。勢いが大事なのよ」

急に協力的になった沙羅に追い立てられるようにして、櫻子は客間をあとにした。

そうして訪れたのは、至間國で一番大きな百貨店だった。

今日は平日だったこともあり、フロアは割合空いている。通路を歩きながら沙羅が楽しげに言った。

「普段は外商部に家まで商品を持ってきてもらうから、自分で好きなものを探すのって新鮮だわ。でも色々見るのも良いものね」

「は、はあ」

櫻子はまだ状況を呑み込めておらず、何とも頼りなく相槌を打つ。フロアが幾層にも重なる百貨店を、沙羅に先導されて回遊しているところだった。

「ほら、まずは実用品として文房具はどうかしら」

手近な店にふらりと入って、沙羅が示す。そこに展示されていたのは黒檀《こくたん》の軸に金色の天冠が美しい万年筆だった。一目で高級とわかる。

「ええと……」

「あら、あんまりかしら。ほかにもハンカチーフなんかも定番よね」

「そうなのですか……？」

「あとは懐中時計とか。あ、お酒もありかもしれないわね。あとで見に行ってみましょう」

沙羅が次々に案を挙げる。

「わ、わかりました」

しかし櫻子は気圧《けお》されて、言われるがままに店頭をうろつくばかりだった。あげくにどれもピンと来ない。

(贈り物ってこんなにたくさんあるのね……)

思わず遠い目をしてしまう。櫻子は一つも思いつかなかったというのに、沙羅は迷いなく品を選んでは櫻子に勧めてくれる。そのいずれも、確かに静馬によく似合いそうなものだった。

きっと沙羅は口に出さないだけで、過去の経験から静馬の好みに合わせて選んでくれているのだろう。

（いえ、せっかく沙羅さまが私に協力してくださっているのだから、私も頑張らなければ）

そう奮起しても候補はどんどん増えるばかりで、決め手になるものは見つからない。

櫻子は背中に冷や汗を滲ませながら沙羅についていった。

一通り店内を見て回ったところで、沙羅が気遣わしげに櫻子に声をかけた。

「櫻子さん、顔色が悪いわ。疲れてしまった？　休憩しましょうか」

「は、はい」

抵抗する気も起きず、一階のカフェに入る。道路に面した壁はガラス張りになっていて、木枯らしの吹き抜ける中を人々の行き交う様子が見えた。

席に向かい合って座り、櫻子は細く息を吐き出す。沙羅がそれを聞き咎めた。

「連れ回してしまったわね。平気？」

「わ、私は平気ですが……申し訳ありません」

「何が、かしら？」

「その、私は何にもピンと来ず、沙羅さまのお時間を浪費させてしまって……」

「そんなことないわよ。迷う時間も大切だわ」

女給がやってきて、テーブルに金縁のカップを置いていく。沙羅の前には珈琲《コーヒー》を、櫻子の前にはミルクティーを。どちらも白く湯気を立てていて、香ばしい珈琲の香りとまろやかなミルクティーの匂いが混ざり合って漂った。

「迷う時間も、大切……」

「そう。別に、最初から何もかも上手にできなくたっていいじゃない。絵も同じよ。構図に迷って、線に迷って、試行錯誤を繰り返して何枚も描くの。それで、一番納得のいく作品を仕上げるのよ。ね？　気を落とすことないわ」

「ありがとう、ございます……」

「ほら、珈琲の付け合わせのビスケットも食べていいわよ。私の分をあげる。そうだ、ケーキも頼む？」

「沙羅さん、お皿が落ちますっ」

「きゃっ、ごめんなさい」

沙羅がビスケットの盛られた小皿を櫻子の前に押しやろうとして失敗した。小皿がテーブルから落ちかけるのを慌てて引き戻し、櫻子はほっと息をつく。

「危ないところだったわ。櫻子さん、ものすごく手際が良いのね」

「そうでしたか……？」

「とても早かったわよ、しゅばばって。すごいわ。私にはできないもの」

口ぶりからして皮肉ではなさそうだった。だが素直に称賛されても気まずい。

沙羅にできないのは彼女がお嬢様で、落ちる物を拾い上げる生活などしなかったからではないだろうか。

沙羅が手を出す前に、使用人が先んじて何もかもを片づける。そうでなくてはいけない。使用人側の存在として相良家でこき使われていたので覚えがあった。

櫻子はビスケットを一枚摘む。蜂蜜の混ざった生地に生姜《しょうが》が効いていて、体が温まる。そんな櫻子を、沙羅は珈琲に口もつけずに凝視していた。瞳からは挑発的な色は消え失せ、ただただ案ずるような光が宿っている。

(何だか、変な感じだわ……)

あれこれ誕生日プレゼントを提案してくれたり、優しい言葉をかけてくれたり。

美味しいビスケットを分けてくれるのも些細《ささい》なことを褒め称えてくれるのも、おそらくすべて彼女なりの気遣いなのだろう。

完全に励まされているのが心に痛かった。

罵られたり、馬鹿にされたりする方がマシだった。それなら耐えるだけでいい。嵐が通り過ぎるのを待つように、歯を食いしばって我慢すればいい。そんなの櫻子にとっては何でもない。

でも、優しく励まされるのには慣れていない。それも、自分よりもずっと上手にこなしてみせる人から。

（沙羅さまがせっかくお力を貸してくださっているのに、どう応えればいいのかよくわからない……）

櫻子には何も返せないのに温かいものだけ与えられるのは据わりが悪い。

ビスケットをもぐもぐと咀嚼《そしゃく》して、櫻子はおもむろに問うた。

「あの、沙羅さま。どうして突然、私に協力してくださるのですか？」

「きょ、協力なんてしているつもりはないけれど？　私はただ、櫻子さんに誕生日プレゼントを勧めているだけよ」

「それを協力というのではないですか？」

「ぐっ」

沙羅が間を持たせるようにカップを手に取る。一口飲み、深く息を吐き、カップを机上に置く。

「櫻子さんからしたら奇妙だし、勝手な話よね」

沙羅は面持ちをあらため、真剣な表情で櫻子を見つめた。

「ごめんなさい。櫻子さん。私はあなたをひどく傷つけ、迷惑をかけたわ」

「えっ!?」

思わぬ謝罪に櫻子はうろたえてしまう。沙羅は櫻子を注視したまま、頓着せずに話を続けた。

「静馬が好きだからといって、櫻子さんに勝手な要求を押しつけて馬鹿にするような態度を取った。これはもう紛れもない事実よ。許してくれとは言わないわ」

沙羅が深々と頭を下げる。艶やかな髪がテーブルに垂れ落ちるのも構わず、長らくそうしていた。櫻子は焦って頭を上げさせる。

「お、おやめください。沙羅さまにだって事情があって……」

「そんなもの、櫻子さんが言ったじゃない。あなたには関係のないことよ。どんな事情があっても誰かを傷つけていい理由にはならないし、恋心を免罪符にしてはいけないの。そんなふうにしていた私は、初めから静馬に選ばれるような人間ではなかったのよ。……悔しいけれどね」

悔しいという言葉とは裏腹に、顔を上げた沙羅は重荷を下ろしたようにすっきりとしている。

櫻子は唖然として二の句を継げずにいた。何とはなしに沙羅の様子が変わっていったのは感じていたが、あまりの豹変《ひょうへん》ぶりに、昨日会ったときとは別人ではないかと疑ってしまう。

「……どうして急に考えを変えられたのですか？」

おそるおそる尋ねる。櫻子には特に何をしたつもりもなく、豹変の理由が掴めない。

沙羅は長いまつ毛を伏せて薄い笑みを浮かべた。

「櫻子さんを見定めるって言ったじゃない。その結果よ」

「私が、ですか……？」

「何よ、その疑わしそうな顔は。私の目が曇っていると言いたいのかしら」

「と、とんでもございません。ただ、私は何かを成した覚えがありません。特にお役に立てたわけでもありませんし」

「どういう意味よ？」

沙羅が呆れ返ったように、眉をひょいと上げる。

「役に立つとか立たないとか、どうでもいいわ。この私があなたのあり方を認めた。それではいけないの？」

「あり方だなんて。そんなたいそうなことはしておらず……」

「そうね、一つ一つは大したことがないかもしれない。でも櫻子さんは、いきなり現れて自分勝手な要求をする私を当たり前みたいに気遣って、絵描きである私に欲しい言葉をくれた。櫻子さんにとっては憎たらしい恋敵のはずなのに。そうできる人間は少ないわ。……ありがとう。私の絵を好きと言ってもらえて嬉しかった」

まさか感謝までされるとは思わず、櫻子は呆然とするしかない。砂地に水が染み込むような時間をかけて沙羅の言葉が胸奥に届き、やっと声が出るようになった。

「感謝も、謝罪も、私には不相応なものです。だってやっぱり、私には何をしたという自覚もないのですから。でも、受け取ります。受け取らせてください」

沙羅が見た美しいものを櫻子が否定するわけにはいかなかった。絵描きである彼女の目は、櫻子よりもずっと良いに決まっている。

(でも、そうしたら沙羅さんは……)

この先の彼女の進路を考えると気が揉《も》めて、一つの懸念事項を告げた。

「ですが、沙羅さまはご家族のために有力華族とつながりを持たなくてはならないのでしょう。それはどうなるのですか?」

途端に沙羅の表情が曇る。だがすぐに挑戦的な笑みを閃《ひらめ》かせた。

「ひとまず隠谷へ帰って家族と話すわ。これは徹頭徹尾、私の問題。自分自身で道を拓かなくてはいけないのだものね」

そう言う沙羅の顔があんまり眩しく見えて、櫻子は思考が追いつかない状態で眼前のカップとビスケットの小皿に目を落とした。カップからはゆんわりと湯気が立ち上り、宙に消えていく。

(……私にも、沙羅さんみたいな強さがあったら、な)

胸にあぶくのように浮かんだ独言に、自分自身でさえぎょっとする。

けれど一度現れた想念は、弾けて消えてはくれなかった。

櫻子は沙羅に憧れている。周囲から愛されて育って、好きな人に誕生日プレゼントを迷いなく選べて、家族とも話す余地があって、恋敵に晴れやかに負けを認められるような潔さがある彼女に。

何もかもが、櫻子の目を眩ませる。

けれど、この席を去りたいとは思わなかった。温かな飲み物も甘いビスケットも真正面に座る美しい女性の前向きさも、すべてが櫻子を惹き寄せる。もっと話していたいし、離れがたい。

ここはだいぶ居心地が良くて、つまり櫻子は沙羅をわりと好きになっているのだ。

（……これは難しいわ）

思えば、櫻子の世界はシンプルにできていた。好きかそれ以外か。自分を脅かすかそれ以外か。あらゆるものが白と黒に分かれていて、櫻子は深く考えることなくどちらかに区分し、対応すればよかった。

だが、櫻子の世界が広がった今はそうはいかない。

一体どうしたらいいのか、と考え込む櫻子の唇に、沙羅がビスケットを一枚押しつける。

「何か元気がなくなってないかしら。私のせい？」

「えっ……むぐ」

口をもぐもぐさせながら、櫻子は首を横に振った。櫻子が勝手に悩んでいるだけで、沙羅のせいではない。

「ふうん。なら、寂しさのせいかしら。静馬と離れたから、何か調子が狂っているんじゃないの」

「むぐっ⁉」

ビスケットが喉に詰まる。げほげほ咳き込む櫻子の背を沙羅が撫でてくれた。ひとしきり咽せ、だいぶぬるくなったミルクティーを飲んで人心地ついた櫻子に、沙羅が悪戯っぽく言う。

「いいじゃない、私と一緒に隠谷に行く？」

「そんな、私は……行ったとしてもご迷惑ですし」

「別に櫻子さんは、静馬を追いかけていくわけじゃないわ。私の……友人の里帰りに付き合うだけよ」

櫻子はハッとして沙羅を凝視する。沙羅はちょっと頬を赤くして、珈琲をごくごく飲んでいた。

「あの、今」

「私は別に何も言っていないけれど？」

「友人、と」

「そういう設定にしても構わないというだけよ？」

「では私たちは何なのですか……？　知り合い？　それとも顔見知りでしょうか？」

「その二つの何が違うのよ！　ええい、友人よ！」

やや乱暴にカップを置いた沙羅が吼える。耳まで赤くなった様子を見て、何だか櫻子はおかしくなった。

「はい、友人です。ふふっ。ありがとうございます、沙羅さま」

「友人のくせに何だか堅苦しいわね。もっと気安く呼びなさいよ」

「では……沙羅さん、よろしくお願いします」

櫻子は笑う。何もかもが初めてだった。寂しさに襲われるのも憧憬を抱くのも、誰かを好きとそれ以外で区別できないのも。

――友人ができるのも。

(でも、それだけは、とても、とっても嬉しいわ)

道標のない道だとしても、櫻子は進んでいくしかない。立ち止まって好きな人のそばにいられなくなるのは嫌だから、一歩ずつでも歩くと決めた。

だがその途中でこんな素敵な出会いがあるのなら、先が見えなくても悪くはない。

その思いだけは確かだった。

第三章

櫻子が沙羅とともに隠谷についたのは、翌日の昼のことだった。

隠谷は、帝都から列車で二時間半あまりのところにある。今回の里帰りのため一刻を争うとばかりに沙羅が切符を手配し、小鞠も恐るべき手早さで荷を整えてくれたのだ。

「わあ、雪がこんなに……！」

沙羅の説明の通り、隠谷は峻険《しゅんけん》な山々に囲まれた雪深い街だった。赤煉瓦《あかれんが》造りの駅舎から出るとすぐに雪景色が広がり、櫻子の口から真っ白な息が漂った。

隣に立つ沙羅が、ぐるりと辺りを見回す。

雪曇りの空の下、駅舎前の広場に植えられた七竈《ななかまど》が赤い実をつけていた。その間を、観光客と思しき大きな荷物を持った人々が歩いていく。隠谷は人気の観光地だけあってなかなかの賑《にぎ》わいだった。

「帝都じゃ、めったに雪なんて降らないものね。寒くない？　鼻が赤くなっているわよ」

「だ、大丈夫です。きちんと準備してきました」

雪道を歩くことがわかっていたので、櫻子は柘榴色《ざくろいろ》の行灯袴《あんどんばかま》に編み上げブーツを履いている。南天柄の袷《あわせ》は小鞠が選んでくれたもので、暖かい。その上から天鵞絨《ベルベット》の外套がすっぽりと身を包んでくれていた。

「今から、沙羅さんのお家にお邪魔するのですよね？　歩いていくのですか？」

「まさか。家に連絡したから迎えが来る、は、ず……」

言いかけた沙羅が、人混みを見て凍りつく。櫻子もそちらに顔を向けて、首をかしげた。

「なんだか、こちらに手を振っている方がいらっしゃいますね」

「あれが、萩野伯爵家の長男よ」

「ええっ」

櫻子の記憶が正しければ、それは沙羅の結婚相手の筆頭候補のはずだ。櫻子は慌てて瞬きし、こちらに手を振る青年に目を凝らした。

茶色がかった髪をきちんと整えた、清潔感の漂う、純情そうな男だった。沙羅と同年代だろう。丸い銀縁眼鏡をかけていて生真面目な顔立ちをしている。

シャツの上に縞柄《しまがら》の着物と馬乗り袴を重ね、羽織を着た姿は、伯爵家の長男とも思われない書生のような恰好だった。

その男が櫻子たちのそばまで駆け寄ってきて、にっこり笑った。

「沙羅、久しぶりだね」

ほんのわずかな距離だったのに男はもう息を弾ませている。だが笑顔に含みはなく、単純に沙羅に会えて嬉しいといった気色だった。

沙羅がぎこちなく男を見上げる。

「どうしてあなたがここに」

「百済原家の皆さんはみんな忙しくてね。沙羅の帰郷に合わせて、ぼくが出迎えの役を頼まれたのさ。……ええと、そちらがご友人？」

男が櫻子に視線をやる。

「はい。仁王路櫻子と申します」

「ああ、仁王路伯爵家の奥方ですね。ぼくは萩野真浩《まひろ》と申します。沙羅の古馴染みです」

「真浩、無駄話はそれくらいでいいでしょう。迎えだというなら、早く案内なさいな」

「大して話もしていないのに、沙羅は昔からせっかちだ」

真浩がちらと苦笑してみせる。だがすぐに「確かに、外は寒いからなあ」とのんびり言って、沙羅が持っていた荷物を手にした。

「それじゃ、百済原家まで案内しましょう。駅舎の裏に車を待たせてあります」

沙羅の荷物を持ったまま先導する。櫻子は真浩を追いかけようとして、ふと足を止めた。

「沙羅さん？　大丈夫ですか？」

「……ええ、平気よ」

沙羅は複雑そうに真浩の後ろ姿を見つめ、のろのろと歩き出した。

道中の車内は、気まずい沈黙で満ちていた。

助手席に真浩、後部座席に櫻子と沙羅が並んで座っている。だがエンジンの排気音が控えめに響く以外、誰も何も語らない。櫻子は助けを求めて窓の方を向いた。結露で曇っていて、景色を眺めることも叶わなかった。

「……あの、萩野さまは沙羅さんとどのようなご関係なのですか？」

古馴染みと言っていたが、沙羅の家族が娘の出迎えを託すほどなのだから相当信頼されているに違いない。

沙羅がもしかしたら結婚するかもしれない相手がどのような人間なのか、櫻子は知りたかった。

「幼馴染ですね。萩野家も隠谷では有数の華族ですから、その関係で。幼い頃は互いの家をよく行き来して、まあ妹みたいなものでしたよ。沙羅が絵を描くのに熱中しすぎてときどき帰ってこなくなるから、しょっちゅう探しに行きました。あれは大変だったな」

「誰が妹ですって？　私の実兄は一人きりよ」

沙羅の口出しに、真浩はおかしそうに笑った。

「はいはい。では、ぼくが弟ということで。そんなふうに姉弟みたいに育ったのですが、沙羅の美術大學への進学を機にあまり会う機会もなくなってしまいました。手紙のやり取りくらいはありましたが」

沙羅が腕を組んで座席に深くもたれる。

「ぼくは今、隠谷の大學院に残って研究を続けているので、帝都へ行くこともそうありません。だから、沙羅と会うのは数年ぶりですね。……正直驚いたよ。本当に綺麗になってさ。欧州に留学しているからかな。至間國でも洋装が流行り始めているけれど、沙羅に敵う女性なんかいないよ」

後半は沙羅に聞かせるための言葉だった。今日の沙羅は過度な露出を封印し、膝丈のワンピースの上にトレンチコートを颯爽《さっそう》と羽織っている。長い髪を耳隠しに結い、螺鈿《らでん》細工の花簪で飾っていた。

沙羅は真浩から捧《ささ》げられた賞賛をさらりと受け流す。

「そう、本当に久しぶりね。画廊に私の絵が展示されると葉書を出しても、真浩は来なかったもの」

「ご、ごめんよ。帝都は遠くてさ」

「ふうん」

それきり、沙羅は口をつぐむ。一つ気になって櫻子があとを引き取った。

「研究だなんて、勉強熱心なのですね」

たいていの華族の嫡男は、大學を卒業すれば当主の補佐をするか、至間宮のどこぞの部局へ入局するかだ。

真浩が人差し指で頬を掻《か》いた。

「あはは、そうでもありませんよ。本当は軍部に入ろうと思っていたのですが、お恥ずかしながら体力検査で落ちてしまいまして。父は健在なので、猶予をもらって進学しました。でも研究も楽しいものです」

「どんな内容なのですか？」

「今は異能の成り立ちについて研究しています。どうして我が國の民だけがこんな不思議な力を持っているのか、気になりませんか？　ぼくはそれが気になって仕方がない。成り立ちを突き止めれば、異能を強くする方法もわかるかもしれない」

「そう……ですね」

櫻子は小さく笑って頷く。異能関係で散々な目に遭い、今も無能をひた隠しにしている櫻子にはあまり深追いしたくない話題だった。

そこへ、沙羅が口を挟んだ。

「真浩、迎え一つ寄越せないくらいうちが忙しいのは、やっぱりお父さまの死後の対応に追われているから？」

「えっ」

今しも研究者特有の熱弁を振るおうとしていた真浩は、出鼻を挫かれたようにつんのめった。それからぽんと手を叩き、

「え、ああ。それもあるけど、どうも帝都からお客さんが来ているらしくてね……軍務局の人みたいだけど」

「あらそう」

沙羅が意味深に目配せしてくる。櫻子はごくりと唾を飲み込んだ。

(それ、絶対静馬さまだわ……)

沙羅の意見に呑まれるまま隠谷まで来てしまったが、よくよく考えると櫻子の行動は静馬にとって疎ましいものではないだろうか。というより、意味がわからなくて怖いのではないだろうか。なぜ来たのかと思うに決まっている。

静馬は仕事で来ているのに、櫻子は初めて感じる寂しさをよすがに、ぼんやりついてきただけだ。そんな子供じみた理由を明かしては呆れられてしまうに違いない。

(い、いえ、別にお仕事のお邪魔をするわけではないし……お友達のお家へお邪魔するだけだもの)

必死に言い訳を並べ立てつつも、絶対に静馬に会わないように気をつけようと櫻子は固く誓った。

やがてたどり着いた百済原家は、隠谷で一番の名家というだけあって広大な平屋の御殿だった。築地塀で囲まれた敷地には、屋敷と庭園が一体となって配置されている。

そんな百済原邸の、玄関につながる立派な数寄屋門の前で。

「……櫻子？」

「ひ、人違いです」

「僕が君を見間違えるわけないが」

「他人の空似です」

「それは本人が言う台詞だ」

会わないようにしよう、という誓いは五分も持たなかった。百済原家の門前で、屋敷から出てきた静馬と鉢合わせしたのである。

静馬は軍服を着て軍帽をかぶり、仕事中の厳格な雰囲気をまとっていた。背後には部下の井上剛志《いのうえつよし》と鞍田遠矢《くらたとおや》を従えている。二人とも軍務局参謀室の精鋭で、かつて事件に巻き込まれた折に櫻子とは知り合っていた。

豪放磊落《ごうほうらいらく》な気質の井上が、ぱっと破顔した。大柄で強面だが、笑顔になると人の良さが滲み出る。

「ご無沙汰しております、櫻子さん。どうして隠谷へ？」

「ゆ、友人の里帰りに付き合ってというか……」

「お久しぶりですー。というか櫻子さん、仁王路少佐が聞くと人違いっていうのに、井上先輩にはあっさり返事するんですねー。喧嘩でもしてるんです？」

美少女めいた顔立ちの鞍田は、だがその可憐さを裏切って毒舌だ。手心のない追及に櫻子はしどろもどろになった。

「い、いえ、そんなことはないのですが、あの、私は」

「よってたかって彼女をいじめないでもらえる？　私の友人なのよ」

櫻子を守るように、沙羅が前に立つ。

堂々と胸を張る沙羅に、井上がぼけっと見惚《みほ》れた。

「これはお美しい御方。お名前を伺っても？　私は井上剛志と申します。異能は〈燃焼〉、趣味は鍛錬と演劇鑑賞です。特技は書道と大食い。愛する女性には一途です。どうぞお見知りおきを」

「は？　急に何かしら。ここは見合い会場ではないわよ」

沙羅の目つきは完全に不審者を見るそれである。鞍田がやれやれと首を振った。

「この人は恋人が欲しくて仕方がないんですー。気にしないでください。井上先輩、また恋人に振られたからって見境なさすぎですよー。初対面の相手にドン引きです」

「いや、俺はこの方を見た瞬間に、稲妻に撃たれたような衝撃が走ってだな！　まずはご挨拶をと」

「よくわからないけれど、恋人さんに振られたの？　その暑苦しさがいけないのではないかしら」

呆れ返る沙羅を庇うように、真浩がおずおずと名乗り出た。

「えっと、沙羅。ぼくも自己紹介した方がいいかい？　萩野真浩です。異能は――」

「真浩は引っ込んでいていいわ」

四人でわーわー言い始め、櫻子は頭を抱えた。収拾不可能だ。

そのかたわらに静馬が立つ。ぽんと櫻子の肩に手を置き、この上なく精緻な笑みを浮かべ、朗らかに告げた。

「さて、櫻子。少し話をしよう」

逃げ場のないことを悟り、櫻子は「は、はいっ」と背筋を伸ばした。


「それで、どうしてこんなところにいるんだ」

「先ほどもお話しした通り、沙羅さんの里帰りへの付き添いです」

二人は、数寄屋門から少し離れた七竈の木の下で向き合っていた。

門前ではまだ沙羅たちが何か話している。沙羅がハキハキと井上に何かを助言し、井上が泣きそうな顔になり、鞍田が爆笑し、真浩がおろおろしていた。仲が良さそうで何よりだわ、と櫻子はほとんど現実逃避で遠い目をする。

櫻子の答えに、静馬は納得していないようだった。

「嘘をついている、とまでは言わないが。それだけではないだろう?」

言葉に詰まる。嘘と断じられなかったことは嬉しい。だが、寂しいから来てしまいました、なんて子供のような台詞を口にしていいのか判断がつかなかった。

きっと沙羅なら——普通なら、そんなことは言わない。

(一度温かいものを与えられたから、それを失うと余計寒々しく感じるのだわ)

何となく、それこそが寂しさの正体なのだと悟った。

こちらを見つめる静馬の視線から逃げ出してしまいたい。だというのに、同じくらい強く、静馬に会えて否応なく心が浮き立つのを抑えきれない。

想いが自分の手を離れ、取り戻せないように感じて怖い。こんな感覚は初めてで、思わず胸元で両手を握りしめた。

そのとき、首元がふわりと温かな感触で包まれた。櫻子は反射的にそれに触れる。

「……隠谷は寒いだろう。櫻子にとっては初めて来る場所だから」

静馬が、自分の巻いていた襟巻きを巻いてくれたのだった。柔らかなカシミヤには体温が残っていて、櫻子の心を温めてくれる。

指先で襟巻きを撫で、櫻子は何も言えず、ただこくんと頷いた。

「……それで、どうして沙羅と仲良くなっているんだ？　友人だと言っていたが」

問いかけは穏やかだった。だから櫻子も、ほっと肩の力を抜いて答えられた。

「それは本当です。沙羅さんとは、友人になれたのです」

ここにいたるまでの経緯を、簡単に話す。みるみるうちに静馬の顔が驚きに染まり、やがて片手で目元を覆って深々と息を吐き出した。

「櫻子は本当によくやるな」

「私などまだまだ未熟者ですよ」

「うん……まあ、いい」

静馬は目元をやわらげて、櫻子を見つめた。

「櫻子はどこに泊まるんだ。僕は仁王路家の別邸を用意しているが、櫻子も来るか」

「隠谷にも別邸があるのですね……」

「わりとどこにでもある。それで、どうしたい？」

静馬の瞳には何か言いたげな色が浮かんでいたが、真意はよくわからなかったので櫻子は申し出を断った。

「私は沙羅さんのお家にご厄介になる予定ですから、お気遣いなく。お仕事の邪魔になってはいけませんし」

「……そうか。遠慮する必要はないが」

「それもありますが、実は」

櫻子は数寄屋門の方に目を向けた。沙羅が楽しそうに話し込んでいる。

少し背伸びをして、両手を口元にあて、櫻子は内緒話をするように言った。

「友人同士がお泊まりする際は、夜寝る前に布団を並べて楽しいお話をするのが決まりなのだそうです。それがお泊まり会の作法なのだとか。私はちっとも知りませんでした」

やや身を屈めて櫻子の話に耳を傾けた静馬が、目をぱちくりとさせる。櫻子の顔をまじまじと見つめ、

「つまり、沙羅と過ごすのが楽しみなんだな?」

「はい、私にとっては初めてのお友達ですから」

噂でしか知らなかった〝友達とのお泊まり会〟に胸が弾んでいるのは本当だった。楽しい話を提供できるかは心許ないが、全力で遂行する所存である。

静馬はふっと笑い、優しい手つきで櫻子の頭を撫でた。

「ならいい。ただ、街に出かけるときには気をつけてくれ」

「はい、わかりました」

沙羅は綺麗だし、街へ出れば輩に絡まれるおそれもある。そういうことだろうと櫻子は納得した。

それで話は終わり、櫻子と静馬は数寄屋門へ戻る。まだ四人は話を続けていた。

「沙羅さま、俺の師匠になってください！　そして女心を教えてください！」

「絶対嫌よ。そんなもの、犬に食わせておきなさい」

「百済原さんの手練手管、怖いんですけどー。井上先輩がちょろすぎってことですか？」

「沙羅は昔から一定の人間に異常に好かれるから……」

切れ切れに聞こえてくる会話に、櫻子はきょとんとした。

「一体何の話をされているのでしょう……？」

「聞かなくていい。——井上、鞍田、行くぞ」

静馬の鶴の一声で、井上が正気を取り戻す。鞍田がその頬をビンタした。

「いってえ！　あれ、俺は今ちゃんと仕事モードに入ってたよな？」

「すみません、タイミングを間違えました」

「先輩をぶん殴っていいタイミングなんか一生ないからな!?」

「二人とも、真面目に仕事をしろ」

わいわい言い合いながらも三人は雪の積もった道を歩き出す。その背に、沙羅が声をかけた。

「ねえ静馬」

静馬は歩みを止め、首だけで振り返る。軍帽の庇《ひさし》の下で、緋色の瞳がすっと細められた。

「何だ？」

「あなた、櫻子さんを大切にしなさいよ」

「言われるまでもない」

答えは短い。だがその響きは素っ気ないというよりも、あまりにも当然ゆえにそれ以上言葉を尽くす必要がないのだという確信に満ちていた。

櫻子はドギマギしながら、襟巻きに触れる。体温が上がり、少し暑いくらいだった。

「ならいいけど。ふん、ちょっとでも櫻子さんが傷ついていたら、永遠に意識を封じてやるからね」

「沙羅さん!?」

「そうしろ」

「静馬さま!?」

沙羅の物騒な提案に対し、静馬も迷いがなさすぎる。狼狽する櫻子に沙羅が明るい笑い声をあげた。

「約束よ。――それじゃあね」

軽く手を上げ、ひらりと手を振る。静馬も頷き、前を向いた。

そうして二度と振り返らない。遠ざかっていく後ろ姿を、沙羅はしばらく眺めていた。

何かが一つ終わったのだと、櫻子にも見て取れた。

「沙――」

「沙羅」

彼らの姿がとっくに見えなくなって、北風が体の芯を冷やし始める頃、櫻子よりも早く、真浩が名を呼んだ。眼鏡をかけた生真面目そうな顔には案ずる色が浮かんでいる。

沙羅は何度か瞬く。ふうっと白い息を吐き出すと、いつものように自信満々に笑ってみせた。

「もう大丈夫よ。じゃあ、行きましょうか。私は私の道を歩かなくてはね」

百済原邸の美しく整えられた庭は雪に覆われて独特の静けさをまとい、鈍色の雪空を背景に、仙境に迷い込んでしまったかのような幽玄さを醸し出す。

そんな庭を縁側越しに望む客間にて。櫻子は緊張しながら沙羅の母と兄と対面した。

真浩は部外者として、この場にはいない。

「あらまあ、沙羅が友人を連れてくるなんて初めてだわ」

沙羅の母の清良《せいら》は、おっとりとした壮年の女性だった。座卓越しに櫻子が名乗ると、嬉しそうに両手を合わせる。

その横で、三十代くらいの青年がうんうんと頷いていた。

「本当に、沙羅は下僕や崇拝者を作るのは上手かったが、友達作りは下手くそだったからな。櫻子さんが沙羅の友人になってくれて嬉しいよ」

沙羅の兄の晴良《はるよし》である。沙羅がムッと不満を表明した。

「人聞きの悪いことを言わないで頂戴。私の友人に、一体何を吹き込んでくれるのよ」

「本当のことだろう？　まったく、昔から勝手ばかりして人の言うことを聞かない妹だった。父の葬儀のあと、知らないうちに帝都へ行くし」

「そうよ、沙羅。美術大學への進学はまだしも、海外留学までして。親としては気が気じゃなかったんですからね」

そう言いながらも、二人の視線は優しい。沙羅を心底可愛がっているふうだった。

（こういう環境で、沙羅さんは育ったのね……）

下僕だの崇拝者だの奇妙な単語が飛び交うが、先ほどの井上たちのやり取りを思い返すと合点がいく。

沙羅は家族の愛に包まれて育ってきたのだ。間違いない。きっと亡くなったという父親も、沙羅に愛情を注いでいたのだろう。この豊かな土壌なら、自己肯定感もすくすく育つに決まっている。

「それで、帝都まで何をしに行っていたの？」

清良に微笑とともに尋ねられ、沙羅はばつが悪そうに答えた。

「その、静馬のところに、妾になりに行こうと思って」

「はあ⁉」

驚愕《きょうがく》したのは母と兄。同時に櫻子を見つめて、「何て失礼なことを」「やっていいことと悪いことがあるぞ」と口々に責め立てる。

抗弁もせずにうなだれる沙羅を見ていられず、櫻子はそっと割って入った。

「あの、それは構わないのです。もう私と沙羅さんの間で終わったお話ですから」

「本当に？　櫻子さん、沙羅に脅されていないですか？　こちらからも謝罪させてください。誠に申し訳ない」

真顔の晴良に、櫻子も真面目な顔で首肯した。

「きちんと私と沙羅さんで話し合った結果です。そのおかげで友人になれたのですから、構いません」

「そう仰っていただけるとありがたいですが……おい沙羅、櫻子さんに感謝するんだぞ。それに、自分の行いがどれだけ幼くて恥ずかしいことか、わかっているんだろうな」

晴良が厳しく諭す。沙羅も迷いなく晴良を見つめ、言い切った。

「わかっているわ。私はもう間違えない」

兄と妹のやり取りに、櫻子は密かに感心していた。

道を踏み外したときに、きちんと叱ってくれる人がいる。そして、叱責を素直に受け取れる。そういう関係が彼らの間には積み上げられている。ただ甘やかすだけではなく、曲がってしまったらまっすぐに手助けしてくれるような関係が。

ふと頭によぎるのは、血のつながった、けれどもう会うことのない家族の顔。

妹の深雪を底なしに可愛がり、一つも注意をしなかった両親。その愛を浴びるように際限なく受け取っていた深雪。

眼前の彼らとは違う、一つの家族。深雪を中心とした、閉じた王国。

そこから離れて初めて、櫻子は自分の家族がおかしいのだと気づけた。そしてその環境が、取り戻しようもなく自分を歪《ゆが》めてしまっていることにも。

物思いに沈んでいる間にも、兄と妹の会話は進んでいく。

「それで、帰ってきたということは、この先どうするか決めたんだろうな。俺は百済原家の当主として、どこかの有力華族のもとへ嫁げと言わなきゃならん」

「百も承知ですとも。でも、私は――」

「この期に及んで、『でも』も『だって』もなしだ。お前の目のこともある。俺としては、真浩くんはいい男だと思うが」

晴良に遮られ、沙羅が強く唇を噛む。

（……目？）

櫻子の胸に、不穏な予感がよぎった。

「沙羅の右目が見えないのを、それでも構わないと真浩くんは承知してくれている。すでに正式に萩野家からも縁談の申し込みがあった。……なあ沙羅。一体何が不満なんだ。俺は沙羅を可愛く思っているよ。できるなら、好きにさせてやりたい。だが父さんが死んで、状況が変わってしまったんだ」

「結婚はするわ。相手については……少し考えさせて頂戴」

客間が静まり返る。風が雪の庭を吹き抜ける音だけが、寒々しく響く。

櫻子は、今し方聞いたばかりの情報に頭を殴られたような衝撃を受けていた。

沙羅の右目が見えない、とは。

思えば、予兆はあった。何でもない玄関ホールでぶつかってきた沙羅。カフェではビスケットの小皿を落としかけた。隠谷の駅まで当然のように迎えが来ていたのだって、あの人混みの中、片目の見えない沙羅を歩かせたくないという気遣いだったのかもしれない。

櫻子は、右手に座る沙羅を見る。沙羅は硬質な横顔を晒してうつむいていた。こちら側からは、沙羅の右目はよく見えない。

それでようやく気がついた。

いつだって、沙羅は櫻子の右側にいた。たった一つ残された眼に、必ず櫻子を映せるように。

判明した事実に呆然として、櫻子は声を詰まらせる。物言うべきなのか黙っているべきなのか、それすら判断がつかなかった。

そのとき、客間の襖《ふすま》が開いた。

「……失礼します。お茶をお持ちいたしました」

お仕着せ姿の年若い女中が立っている。勤め始めたばかりなのか、初々しい顔に緊張が浮かんでいた。小さな手で、緑茶の入った湯呑みと茶菓子の置かれたお盆を抱えている。

その後ろから、ぬっと人影が現れた。

「ぼくはそろそろお暇するのでご挨拶を……あれ、何だか取り込み中でしたか」

真浩だ。今までの会話など知らない様子で不思議そうに客間を見渡す。

沙羅がその顔を仰いで、それからふいと座卓に視線を落とした。晴良もぎこちなく笑い「真浩くん、帰るのかい。また来てくれ」と曖昧に頷く。そんな子供たちを、清良が気まずげに見比べていた。

明らかにこわばった空気に、女中が怖じ気づいたように首を縮める。だが仕事を全うしようと足を踏み出し――畳の縁につまずいた。

あっと思う間もなかった。女中の手からお盆が抜け出し、湯呑みが宙を飛んで緑茶が空に弧を描く。茶菓子の落雁《らくがん》が見当違いの方向に飛んでいった。

熱い緑茶のその先に、沙羅が座している。見えない右側からの襲撃に、沙羅の回避対応が遅れる。とっさに櫻子が沙羅の腕を引こうとしたとき。

ガラスの割れるような音がした。

（な、何……!?）

櫻子は息を殺し、その場で硬直する。

客間の様子が一変していた。沙羅も晴良も清良も、凍りついたように動きを止めている。転びかけた女中などは、明らかにつま先が畳から離れているのに、今まさに転倒寸前の恰好で固まっている。――まるで、時間が止まったかのように。

人の気配はすでになく、静寂が耳に痛い。世界中の生き物がすべて死に絶えてしまったように櫻子には思われた。

だがその中で、もう一人の例外がいた。

「……っと、危ないところだったな」

心底ホッとしたように呟くのは真浩。腰に両手を当て、大惨事一秒前の景色を眺める。櫻子は沙羅の影に隠れて、自分が動けることを悟られないようにした。

（これは、萩野さまの異能なのだわ）

時間停止なのだろう。あのガラスの割れるような音も、異能が発現したときの音に違いない。櫻子だけは無能によって彼の異能の効力を打ち消してしまったようだ。

誰の監視の目もない世界で、真浩がせっせと働き始める。

空中で不思議な模様を描く緑茶を湯呑みに回収し、体勢を崩した女中を立たせてやり、その腕にお盆を持たせる。

そのさまを、櫻子は興味深く観察していた。

世界で動けるのはただ一人きりだというのに、真浩は悪事に走る様子もない。そうするのが当たり前とでもいうように甲斐甲斐《かいがい》しく動き、場を収めていく。

かと思うと、宙に浮かぶ落雁をひょいと一つ食べて、美味しそうに飲み込んだ。子供みたいなつまみ食いだ。思わず噴き出しそうになり、慌てて呼吸を止める。だがすぐに甲高い音が響いて、また時が動き出した。

一気に生き物の気配が押し寄せる。静かだと思っていた客間は思いの外ざわめきに満ちていた。遠くから、屋敷で立ち働く人の足音や庭にやってくる鳥の羽ばたきなどが伝わってくるのだ。あの、時の流れさえ途絶した世界と比べれば、果てしなく賑々しい。

「皆さんご無事ですね？　お怪我がなくて何よりです」

真浩がニコニコと言った。櫻子以外の面々は慣れているのか、騒ぐこともなくホッと胸を撫で下ろす。

「……ありがとう、真浩」

沙羅が真浩をまっすぐに見上げる。真浩は嬉しそうに頬を染めた。

「いいんだ。じゃあ、ぼくはこれで。……ほら、女中の君も。大丈夫だよ。失敗なんてよくあることだから」

涙目で震える女中を促して、真浩が退出する。

客間には弛緩《しかん》した空気が漂い、沙羅と晴良が同時に息を吐き出した。

「沙羅、今後についてはあとで話し合おう。ひとまず櫻子さんをもてなしなさい」

「わかったわ、兄様。……櫻子さん、行きましょう。屋敷を案内するわね」

沙羅が立ち上がる。櫻子もそのあとを追うべく腰を上げた。

隠谷は帝都に比べれば小規模な街だが、観光客で賑わっている。

駅前までやってきた静馬はおもむろに足を止め、周囲を見回した。広場には客待ちの人力車や馬車が並び、人々でごった返す大通りには土産物屋が軒をつらね、その前で物売りが呼び込みをかける。帝都とはまた違う、雑多な活気に溢れていた。

そんな華やかな雰囲気とは裏腹に、井上がぼやく。

「百済原家で晴良殿に話を聞いたが、あまり目立った収穫はなかったなあ」

櫻子たちと鉢合わせる前、静馬たちは百済原家の客間で晴良と面会したのだった。

だが、晴良の顔色は冴えなかった。

『百済原家には、〈封印〉の異能を活かし、何かを守護する務めがあるようです。ですが、父は詳しいことを明かさぬまま亡くなりました。目下調査中ですが、なにぶん急なことでもあり、なかなか……』

百済原家が隠谷随一の名家として名を馳せているのは、多分にその務めとやらが関わっているのだろう。それがわからなければ、従来通りの権勢を百済原家が維持できるかは未知数だ。

沙羅に結婚を迫るのも、その辺りの焦りがあるのかもしれなかった。

「でもー、もう一つ気になることも仰ってましたよね？」

間延びした調子で話を継ぐのは鞍田だ。

「隠谷では最近、異能の暴走者が増えているとか。それって、百済原家が務めを果たせなくなったから影響が出てきたとは考えられませんかー？」

晴良によると、ここ数週間ほど、異能が暴走して周囲の人間に怪我を負わせる事件が発生しているのだそうだ。

暴走者はだいたい十代から二十代。男女の別はない。〈発火〉や〈雷撃〉などの物理的攻撃力を持つ異能者が次々に正気を失い、人通りの多い場所で異能を暴発させ、火事や建物の倒壊などを引き起こしているという。

異能の扱い方に慣れない子供ならいざ知らず、成人付近の人間が異能を暴走させるのは不可解だ。事故の可能性は低い。

しかも身元を調べようにも、暴走者は皆亡くなってしまう。その遺体は自らの異能によって激しく損傷し、ふた目と見られぬ有様。よって、どこの誰が加害者なのか、どうして異能を暴走させるにいたったのか調査が難しいのだ。

静馬は腕を組み、考え込む。

「それは時系列が合わないな。百済原家の前当主が亡くなったのは十二日前。事件が起こり始めたのは数週間前だ。前当主が生きて役目を果たしていた頃から事件は発生している」

「あ、そうですねー。じゃあ無関係なんでしょうか」

「そうとも限らないが。実際に暴走の現場を見てみないと何とも言えないな」

静馬たちは駅の裏手に移動する。人々の行き交う駅の表側とは逆に、そちらは夜から営業を始める居酒屋の並ぶ路地で、昼中の今はほとんどの店が戸を閉めていた。ごみ箱の上に烏《からす》が止まるばかりで人通りはなく、ひっそりとしている。

その中に一つ、燃えて崩れかけた店舗がある。ほぼ炭化した木材の山と化しているが、居酒屋を示す看板が燃え残っていた。その近くに菊と白百合の花束が雪に埋もれて置かれている。

三日前の夜半、この居酒屋の客が〈発火〉の異能を暴走させ店舗一棟が全焼したのだ。

暴走者は死亡、店内にいたほかの人間全員が火傷を負ったという悲惨な事件だった。

井上が痛ましげに眉を寄せる。

「当事者たちはみんな入院中か。ひどい事件だぜ、まったく」

「ああ、まだ話を聞くこともできない容態とのことだ。今のところは、現場に何か残っていないか調査しよう」

静馬の指示に井上が首肯した。

「了解だ」

そうして調査に取りかかったとき、ふいに路地に人影が差した。すばやく振り返り、静馬は鋭く問いただした。

「誰だ」

路地の入り口に立っているのは若い男だった。鼻まで襟巻きで覆っていて、顔立ちははっきりとしない。

　しかし気弱そうな雰囲気を醸し出していて、静馬たちを見るとびくりと首を竦《すく》ませる。染粉を使っているのか、金色の髪が曇り空のぼんやりした陽光を受けてきらめいていた。

「事件の関係者か？」

　静馬の問いかけに男は答えない。困ったように眉尻を下げ、あわあわと両手を上げた。

「もし事件について何か知っているなら話を聞かせてもらいたいんだが」

「あ、いえ……人を探していて」

「人探し？　こんなところで？」

　静馬は油断なく相手を見据える。眼光の鋭さに、男はおどおどと後じさった。

「そのう……知り合いで。サガラ、という人なのですが」

　静馬の眉がぴくりと動く。だがすぐに剣呑《けんのん》さをしまい込み、努めて穏やかに応じた。

「なるほど、人探しなら役に立てるかもしれない。よければ、下の名前も教えてもらえないだろうか」

「ええと、そこまでは。若い女性なのですが」

「その方とあなたはどういうご関係で？　ご家族ですか？」

「あ、いや、あんまりそういうの言えなくて……」

「言えない？」

訝しく言葉を返した途端、男がくるりと背を向け走り出す。明らかに後ろめたそうな雰囲気だった。

「待て！」

静馬が命じる前に井上と鞍田は駆け出している。そのあとを追いながら、静馬は頭の隅で考えていた。

駅前の人混みに紛れたとしても顔がわからなくとも、あの金髪を見逃すことはない。絶対に捕まえられる。

そう確信して足を早めたとき。

「消えた……!?」

駅の表側までたどり着く前。ごちゃごちゃ入り組んだ路地を曲がると、男は忽然《こつぜん》と姿を消していた。その路地の両側には壁がそびえ逃げ場はない。見失うことはあり得ない。

「どこ行った!?　隠れてるのか!?　鞍田、お前の異能は！」

井上が四囲に視線を巡らせながら叫ぶ。鞍田が鼻をうごめかせつつ悔しげに応じた。

「すみません、無理です！　臭跡がありません」

鞍田は異能によって人並外れた鋭敏な嗅覚を持っている。その彼が言うということは、男はもうこの場におらず、どこかに逃げおおせたのだろう。

「追跡は不可能です。完全に消えたとしか思えません。この短時間で、そんなことはできっこないのに」

静馬はいや、と思い直す。

至間國に異能が存在する以上、あり得ないことはあり得ない。あの若い男が何らかの異能でもって逃げたことは十分考えられる。

井上が荒くなった息を整え、「くそっ」と手のひらに拳を打ちつけた。

「明らかに怪しげなやつだったのにな。どうする、静馬？」

「もはや追っても仕方がない。現場に戻るぞ。だが、次に会ったときには逃走を許さない。即時拘束だ」

「合点承知。……でも、あの男についてもっと調べなくていいのか？　サガラって苗字に、俺は聞き覚えがあるぞ？」

静馬は黙ったまま腕を組む。足元に烏が下り立ち、濁った鳴き声をあげた。

サガラ——相良は櫻子のかつての苗字だ。

櫻子が何かに巻き込まれているのだろうか、と思えば激しい焦燥が胸を焼く。今すぐにでも彼女を捕まえて、安全な場所へ囲っておきたい。

静馬にとって最も重要なのは櫻子が傷つかないことだ。

この世の何よりも大切な妻を、すべての苦難から守りたい。ありとあらゆる危険を排除してやりたい。彼女が監禁されるという事件が起こってから、その思いは密やかに強固になっていた。

またああいう目に遭うくらいなら――と昏《くら》い想念が頭をもたげる。苦界から引き離して両腕に閉じ込めて、優しい夢だけを見られるようにしようか。

しかし邪な願いを断ち切るように、脳裏に櫻子の顔が蘇《よみがえ》る。七竈の赤い実の下、とっておきの秘密を話すように声をひそめて、沙羅との時間を楽しみにしていた櫻子が。

あの笑顔を曇らせることは絶対にできない。

櫻子が得たのは初めての友人。あれだけ最悪だった関係からよくも友情など築けたものだ、と心底驚いた。紛れもなく櫻子が勝ち取ったのだった。

それを奪うことはできない、と自分を諌《いさ》める。何もかも奪われてきた櫻子に、自分の手の及ぶ限りすべてを与えると決めたのは静馬自身だ。

足元で地面を啄《ついば》んでいた鳥が、翼を広げて飛び立つ。空に黒い影が吸い込まれていくのを見上げ、静馬は深くため息をついた。

「気にはかけておく。忠告に感謝する」

「おお、もし人手がいるんだったら言えよな！　鞍田もこき使ってやれ！」

「俺もですか？　別にいいですけど――」

井上のさっぱりした笑顔と鞍田の仕方なさげな顔に、静馬はわずかに口元を緩めた。

雪の街の隠谷は、夜になるとますます冷え込む。

沙羅は部屋に火鉢を持ち込み、櫻子が凍えないようにしてくれた。じんわり温まる空気に、ぱちぱちと炭の爆ぜる音が心地良い。

「……あの、沙羅さん」

「何？」

櫻子は沙羅と布団を並べて横になり、すっかり寝支度を整えていた。

右隣に横たわる沙羅はくつろいだ表情で掛布にくるまっている。部屋の明かりはすでに落とされ、雪見障子から差し込む月明かりがその輪郭を浮かび上がらせていた。

「その、沙羅さんの目が見えないというのは……」

沙羅の両親への挨拶のあと。櫻子は沙羅に屋敷を案内され、街に出たり一緒に夕食を食べたりしたのだが、ゆっくりと話す時間はなかったのだ。それに、沙羅もぜひ聞いてほしいというふうではなかった。

だが、櫻子は知りたかった。

（だって、私は沙羅さんの友達だから）

しばし黙ったあと、沙羅が言った。

「……気になる？」

「もし、沙羅さんがお嫌でなければ。いつも私の右側にいらっしゃるのも、それが関係しているのですよね」

「嫌だ、そこまでわかっているのね。相変わらずぼんやりしてそうなくせに妙なところで鋭いんだから」

「すみません……？」

「いいのよ。別に深刻に気にしているわけでもないから」

沙羅が布団から腕を伸ばし、自分の右目を押さえた。

「私が右目の視力を失ったのは、十六歳の頃。原因は、父と一緒に旅行に行った先で小さな雪崩に巻き込まれたことよ」

櫻子は短く息を呑む。

「不幸な事故だったわ。夜、山間の道を二人で散歩していたの。よく晴れた雪月夜で、雪が月明かりを反射して綺麗で。そうしたら前日に積もった雪が緩んで、すぐそばの斜面が崩れて私たちは雪に埋もれた。お父さまは私を抱きしめて守ってくれた。だけど、折れた枝が私の右目に刺さって、て……」

沙羅の語りが不自然に止まる。生々しい傷口を目の前で開かせてしまったように思って、櫻子は息苦しくなった。ごめんなさい、もういい、と謝って止めたくなった。

しかし、すぐに沙羅は話を再開した。

「救助に時間がかかって、私の視力は〈治癒〉の異能でも戻らなかった。でも生きていたんだから幸運だわ。お父さまも奇跡的に無傷だったし。……お父さまが画家になることに本格的に反対し始めたのは、この時期からね」

話す声には苦さが混じる。

「絵なんてやめろ、とはっきり言うようになったわ。誰かと結婚して、華族令嬢としての幸せを掴めと。右目が見えないのだから、と。そうね、確かに目が見えないのに画家を目指すなんて、困難かもしれないわ」

櫻子は、脳裏に沙羅のスケッチを思い浮かべる。何よりも娘が可愛いと笑う、沙羅の父親の顔。櫻子はその名前すら知らない。けれど一つだけ思い当たることがあった。

それは、娘を守り切れなかった父親の後悔からくるものではないだろうか。

自分ばかりが無事で、大切な愛娘が一生残る大怪我を負ってしまうなんて、それが娘の魂の中核をなす絵に影響するものなんて、自分で自分が許せないに決まっている。ならばせめて娘にごく当たり前の幸せを得てほしいと願うのは、不思議ではない気がした。

「片目を失ったことにより、私の絵は確かに変わった。だけど、だからこそ、私には描けるものがある。誰よりも私がそう信じている。目が見えなくたって私は画家になるわ。そうしないと、私は、お父さまに――」

今度こそ、沙羅の声は言葉にならなかった。

沙羅がくすんと鼻を鳴らす音がする。櫻子はしばらくの間迷って、それからそっと囁いた。

「……私は、今の沙羅さんの絵を見ておりません。そのうちに見せていただけますか？」

どんな慰めも労りも、ここでは無意味だと悟った。だとしても櫻子は間違いなく沙羅の意志の強さを鮮やかだと思ったから、こういう言葉になった。

薄闇の向こうで、沙羅が得意げに笑う。

「当たり前じゃない。素晴らしさにびっくりするわよ」

「楽しみです」

櫻子も微笑む。二人でくすくす笑いを忍ばせた。

「あーあ。何だか湿っぽくなっちゃったわね。こういう夜は恋バナをするのが鉄板だっていうのに。ねえ櫻子さん、静馬とはどうなの？」

「えっ⁉ ど、どう、とは……？」

急に鋭い矛先を向けられて、櫻子はうろたえる。暗い中でも沙羅が瞳を輝かせているのがわかった。

「ほら、どうやって出会ったとか。私、実は驚いていたのよ。私が初めて仁王路邸に押しかけたとき、静馬はずいぶんキッパリ撥ねつけたじゃない？　昔の静馬なら、あはならないから」

「昔の？　そうなのですか？」

「そうよ。以前の静馬は、本当に誰にも興味がなさそうだったの。もちろん幼馴染としては親しくしてくれたけれど、それだけ。見えない幕を一枚隔てて話しているみたいだった。誰かを愛するとか支え合うとか、端から頭にないのだと思ったわ。強力な異能やら家柄やら、だいたいのものは持っていたから、他人が必要なかったのでしょうね。……だからこそ、私が教えてあげようなんて思い上がっていたのだけれど」

「な、なるほど」

「だけど今、静馬は櫻子さんを本当に大切にしているし、それを隠すつもりもないようだから二人の間には何があったのかと気になって。どんな始まり方だったの？　本当に、一体何があったらあの男があんなに変わるのよ？」

「ええっとですね……」

櫻子は口をもごもごさせる。無能ゆえの契約結婚が始まりだったとは言えない。

（でも沙羅さんが過去を打ち明けてくれたように、私も話せるところは話したい）

胸裏で呟いて、それから口元に手を当てる。

それは自分でも驚くべき変化だった。前までの櫻子なら、適当にお茶を濁してしまっただろう。相良家での出来事は、櫻子の心の一番奥に厳重に鎖《とざ》して封じ込めて、出てこないように押さえつけているのだ。

しかし今、心臓は高鳴って手には汗が滲んでいるけれど、櫻子は沙羅に話したいと強く思った。

沙羅は友達で、ならばその立場に釣り合うように櫻子も勇気を持ちたいから。

「……私が異能を持っていないことはご存じですよね」

櫻子のか細い声が夜闇に溶け出す。隣から沙羅の息遣いも聞こえなかった。ひどく息をひそめて話の先を待っているようだった。

「そういう人間が、至間國でどう扱われるか……想像がつきますか？」

沙羅が息を呑み込む気配がする。櫻子は薄く笑った。

「異能を持たない私は、この國ではほとんど人間ではありません。そして、人間ではないモノにいくらでも残酷になれる人間は、います。相良家にはそういう人がたくさんいました。私の、実の家族とか」

「櫻子さん、私……」

「いえ、何も言わないでください。沙羅さんはもしかしたら気がついていたかもしれませんね。私が誕生日プレゼント選びに疎いこと、妙だと思われたでしょう」

沙羅の答えはない。だが、彼女は薄々察していただろう。

「そんなふうに相良家で暮らしていたところ……色々と思惑があって、静馬さまが私の両親に婚姻を持ちかけました。両親は私に結婚するように命じ、私は頷きました。それが私たちの始まりです」

沙羅の望むようなロマンチックさは欠片《かけら》もなかった。

「でも別に、良かったのです。華族が政略結婚をするのは当たり前、という話の以前に、私には拒むほどの意識がありませんでした。自分がおかしいことにすら気づけないくらい、ひどくぼんやりした有様でした」

あのときの櫻子は、人形と変わりないくらい自我に乏しかった。

「けれど静馬さまは、そんな私を色々気遣ってくださいました。慈しみとか優しさとか、私が与えられなかったものを惜しみなく与えてくださいました。だから私も、それに応えたいと考えるようになったのです。最初はあんまり上手くいかず……いえ、今もいたらぬ点はたくさんありますが……」

「そんなことはないと思うわ。櫻子さんの努力はきちんと実を結んでいるし、静馬はそれを見ているはずよ」

沙羅が励ますように言ってくれる。櫻子は微笑んだ。

「そうだと嬉しいです。それからともに過ごしていくうちに……色々な事件に巻き込まれることもありましたが、静馬さまのおそばにいたいという気持ちは変わりませんでした。だから私は、あの方にふさわしくなろうと決めました。その想いだけでここまで来ました」

話を進め、櫻子はうん？と眉根を寄せた。

「とはいえ、よくよく考えると、どうして静馬さまが私をこうまで大切にしてくださるのかはよくわかりませんね……。何があったんでしょう？」

「……私にはわかるわよ」

「えっ」

沙羅が身じろぎして、こちらを向く。銀色の月光にさらされて、黒い瞳が濡れたように光っていた。

「きっと櫻子さんにとっては当然のことをしたのよ。本質、とでもいうのかしら。あなたがどんな環境で育ったって決して打ち壊せないものがあって、それが静馬の心をとらえたんだわ」

「そうでしょうか……」

櫻子には全然自信がない。

相良櫻子には何もなかった、と櫻子は思う。今の櫻子を形作ったのは、静馬やほかの優しい人たちだ。櫻子の本質なんてものが存在するのか覚えがない。

「今、櫻子さんのご家族はどうされているの？」

躊躇いがちな沙羅の問いに、櫻子はぎゅっと拳を握った。

「結局、家族とは——両親と妹とは、物別れに終わりました。彼らは帝都を離れ、山奥の村で暮らしています。きっとこの先、二度と会うことはありません」

「そう……会いたいとは思わない？」

「いいえ、まったく」

「ごめんなさい、愚問だったわね」

沙羅の声は沈んでいた。もしかすると、と思う。沙羅には想像もつかないのかもしれない。そんな家族がこの世に存在するなんて。

櫻子は枕の上で少し頭を浮かせ、沙羅の枕元に置かれた桐《きり》の小箱に目をやった。中には、父の遺品であるという小さな銀の鍵が収められていた。万が一にも傷がつかないよう鍵は白い絹布で包まれているのを、櫻子は知っている。丁寧に包む沙羅の手振りの優しさを、櫻子は布団の中から見ていたのだ。

長く話したからか、とろとろと睡魔がやってくる。体が重くなって櫻子は瞼を下ろした。

「ねえ、櫻子さん」

沙羅の声が遠くくぐもって聞こえてくる。何でしょうか、と返事ができたかは定かではない。意味のない音の連なりだけが漏れたかもしれなかった。

眠りかけの櫻子を気にせず、沙羅は密やかに続ける。

「話してくれて、ありがとう。静馬が変わった理由を実感できたわ。あなたに心をとらえられたのは、私も同じだもの……」

その言葉の意味を捕まえる前に、櫻子は深い眠りに転げ落ちた。


櫻子の隠谷での時間は、穏やかに過ぎていった。

沙羅はときおり母や兄と話し込み、自身の結婚相手について相談しているらしいが、櫻子にはその内容を明かさない。暇を見て、「気分転換をしましょう」と櫻子は街に連れ出されるが、そのどれもが楽しかった。

とはいえ、沙羅が常に櫻子に付き添うわけにもいかない。

二日後には櫻子一人で駅前の大路を歩き、仁王路邸の皆にお土産を選んでいた。

「ええと、霞さんには化粧筆、庭師の折田《おりた》さんにはおまんじゅう、家令の秋重《あきしげ》さんには寄木細工の小物入れ……」

一人一人の顔を思い浮かべながら、違うものを購入していく。静馬への誕生日プレゼントはまったく思いつかないのに、お土産はすらすら決められるのが皮肉だった。

彼らへ抱く想いの軽重ではなく、種類の違いが理由なのだろう。そう思いたい。

全員分の土産物を選び終えると、昼をだいぶ過ぎていた。歩き疲れた体を癒すため手近な甘味処へ入る。折よく、奥まった二人用の座席に案内された。

甘酒を頼んで、気を緩めて椅子にもたれる。全部の荷物を持って帰るのは不可能なので百済原邸へ送ってもらうことにして手ぶらだが、さすがに疲れた。

卓に両肘をつき、連子窓《れんじまど》からの風景を眺めようとしたところで。

「――私の婚約者なのだけど」

衝立で隔てられた隣の席から、若い娘の声が聞こえてきた。聞き耳は良くないとわかっているが婚約者という気になる単語についつい耳を傾けてしまう。

衝立越しで人相はよく見えないものの、櫻子と同世代の娘二人が賑やかに話しているらしい。片方の娘に持ち込まれた婚約話が上手くいかないという相談のようだった。

「異能の種類が互いに馴染まないのよね。私の異能は〈芽吹《めぶき》〉で相手は〈枯死《こし》〉なの」

「まあ、絵に描いたような水と油ね。生まれてくる子供がどんな異能を持つか心配だわ」

「でしょう？　ものすごく植物を扱うのに長けた子供か、あるいは異能が打ち消し合ってとても弱い異能者になってしまうか……」

そういうこともあるのか、とこっそり櫻子は納得する。自分が結婚するとは考えてもいなかったため、異能と結婚の関係には疎かった。

しかしこんな話をするということは、隣のお嬢様たちは華族のご令嬢なのだろうか。もし社交界で櫻子の顔を知られていると挨拶などが厄介だ。なるべく卓に顔を伏せてやり過ごすことにした。

ちょうど甘酒が運ばれてきて、櫻子は椀《わん》に口をつける。

口の中に米麹《こめこうじ》の甘さとわずかな塩っぽさが広がって何とも美味。うつむきがちに味わっていると、隣の娘の声が刺々しくなった。

「それに婚約者の異能が弱くて。あまりお父さまが気に入っていないのよ。破談になりそうだわ」

「あら良かったじゃない。あなた、あの婚約者のこと気に入っていなかったでしょう」

「そうね。次はもっと異能の強い殿方がいいわ。それに器量良しなら文句なしね」

「高望みしすぎよ。両方備えた方なんてそういないわよ」

「いるわよ。仁王路伯爵家の静馬さまとか！」

「雲上人じゃない。まさに雲に梯《かけはし》の叶わぬ恋ね。だいたい、もう結婚していらしたでしょう」

「残念なことにそうなのよねえ。でも一夜の夢でいいから見たいわ！」

「白昼夢でしょ。現実を見なさい」

突如聞き知った名前が出てきて、櫻子は激しく咽せた。甘酒が変なところに入って慌てて手巾《しゅきん》で口元を押さえる。

(——な、何？　夢？)

急に咳き込む女を訝しく思ったのか娘たちの会話が止まる。しかし取るに足りないことと見なされたか、すぐに会話が再開された。

「そういえば最近、外つ国の人間に異能を与えないかって話があって。噂を聞きつけた外つ国の人たちが隠谷に入り込んでいるらしいわよ」

「ええ、怖ぁい。異能は私たち至間國民にだけ与えられるべきものでしょ？」

かしましく騒ぎながら二人は席を立った。

周りは静けさを取り戻す。ちびちび甘酒を飲んでいるうちに連子窓の向こうの空が茜色《あかねいろ》に染まり始めたのに気づき、櫻子も急いで店をあとにした。

外に出た途端、ぴゅうと冷たい風が吹きつける。首をすくめ、襟巻きをしっかりと巻きつけた。静馬に借りて返しそびれたものだ。

冬の暮れは早い。辺りにはすでに薄闇が漂い、行き交う人々の顔もはっきりとは見分けられない。道に連なる店々の軒灯《けんとう》にぽつぽつと火が入り始めた。

早く帰らなくては、と駅前を離れ、お屋敷の立ち並ぶ、両側に築地塀のそそり立つ道を歩いていると。

「……櫻子？」

「はい？　……えっ、静馬さま？」

後ろから声をかけてきたのは静馬だった。井上や鞍田は連れておらず一人きりだ。宵闇の中でも櫻子が彼を見間違うことはあり得ない。白銀の髪が月光を受けてきらめいていた。

「静馬さま、本日のお仕事はおしまいですか」

思えば百済原邸も仁王路家の別邸も近くの区画にある。ちょうど帰路が重なったのだろう。思わぬ偶然に、櫻子の声が弾んだ。

静馬が軍帽の庇を軽く持ち上げ、櫻子を見つめる。それからかすかな笑みを刷《は》き、横に並んで歩き出した。

「ああ、一応な。櫻子は今帰りか。送っていく」

「ありがとうございます」

方向は同じなのだから、一緒に帰るくらいは邪魔にならないだろう。そう思って礼を言うと、自然な動作で手をつながれた。櫻子の手が静馬の手にすっぽり収まる。互いに手袋を嵌めていても、力強さが伝わってくる。

「よ、良いのですか」

外套を羽織っているとはいえ、静馬は軍装だ。ほかの人々に見られたら色々とまずいのではと気が揉めたが、

「構わない。どうせ誰も見ていない」

静馬はあっさりとしたものだった。確かに周囲には人の気配がないし、物音もしない。明かりはといえば月と星、ほかはぽつんぽつんと点在する門を守る篝火《かがりび》くらいで、すれ違っても相手の顔まで判別するのは難しい。さらに道に積もった雪が足音を吸収して、櫻子たちが歩いていることにさえ気づかれないようだった。

しかし、櫻子が静馬と手をつないで平然としていられるかというと話は別。否応なしに近づく距離に、櫻子の足つきがぎこちなくなる。せっかく編み上げブーツを履いているというのに転びそうだ。

その様子を見て、静馬が真面目ぶって言う。

「櫻子が困るようなら手を離すが」

「えっ、離してしまわれるのですか……？」

漏れた声は、ずいぶん寂しげに夜気に響いた。櫻子でさえそう捉えたのだから、いわんや静馬をや、だ。楽しげな含み笑いが耳に届く。櫻子はしどろもどろに言い繕った。

「い、今のは、ですね……」

「気に入ってもらえたなら幸いだ」

笑いを噛み殺した風情で静馬が言う。櫻子は真っ赤になって地面に目を落とした。頬の赤みを闇が隠してくれると願うが、静馬にはとっくにお見通しだろう。お土産探しに歩き回った体では、上手い切り返しなど思いつかない。

気を紛らわすため、何か別のことを話そうと口を開いた。

「……ええと、華族の結婚とは、大変なものなのですね」

甘味処での娘たちの会話がやけに頭に残っていたのだった。

急な話題転換に、静馬が片眉を上げて真顔になる。

「沙羅の話か」

「はい」

直接つながっているわけではないが、つい耳をそばだてたのは沙羅の婚姻事情が胸をよぎったからだ。

静馬は思慮深げに片手を顎に当てると、淡々と話し始めた。

「沙羅の兄は、萩野真浩に嫁がせたいだろうな」

「ですが、生まれてくる子供の異能はどうなるのでしょう。異能が子供に遺伝するなら、同じような異能を持った人間の方が良い、ということにはならないのですか?」

特に百済原家は〈封印〉の異能を持って生まれることが重要視されるようだ。おのずと結婚相手は限られてくるのではないだろうか。

静馬が短く頷き返す。

「そういう考え方もある。だが、あまりに似た異能を持つ者同士で婚姻を繰り返すと先天性の疾患が発現しやすい。よほど反対の性質を持つものでなければ問題ないと考えるはずだ。どちらかといえば、異能の強さの方が重要だろう」

「異能の強さ、とは？」

「説明が難しいが……主に二つの要素で判断される。規模の大きさと、効果の特殊性、だ」

静馬が手のひらを上に向けた。

「規模の大きさは簡単だな」

手に炎を灯してみせる。それは静馬の思うがままに大きさを変え、温度も調節できるのか橙色《だいだいいろ》から白色に変じてみせた。十分に遠ざかっている櫻子すら、頬の辺りに熱さを感じるほどだ。

「より大きな炎を作り出せる方が強い。〈発火〉よりも〈燃焼〉の方が強力だ」

それは理解しやすい話だ。

静馬は手のひらの火を消し、解説を続ける。

「効果の特殊性は、櫻子がいい例だな。ほかには陛下の〈因果決定〉もそうだ」

規模の大きさとは関係なく、この世の理を捻じ曲げる力。ならば、と櫻子は言葉を継ぐ。

「それでは、萩野さまも……」

「そうだ。その点でも萩野は沙羅の結婚相手としてちょうどいい。〈時間停止〉は強力な部類の異能で、〈封印〉との相性もさほど悪くない」

萩野、と呼ぶ声が若干の親しみを帯びていて、櫻子はぱちぱちと瞬いた。

「静馬さまは、萩野さまとは仲がよろしいのですか？」

「良い、というほどではない。会えば世間話をする程度だ。社交上、僕と沙羅の婚約は知らせるが、婚約破棄を知らせるほどではない付き合い、といえばいいか」

「顔見知り、くらいですか」

「そうだな。ただ、彼は沙羅の幼馴染だから必然、顔を合わせる機会も多かった。……正直、さほど好かれてはいないと思うが」

声音はわずかに苦さを含む。その理由は櫻子にも察しがついた。

「それは、もしや……」

「萩野真浩にとって僕は憎い恋敵だっただろう。だからと言って、別に嫌がらせをされるわけでもなし、僕もあえて深入りはしなかった。向こうがどう考えているかは知らないが」

「なるほど……」

冷静に言い切った静馬に、櫻子は隠谷に到着した日のことを思い出す。数寄屋門で鉢合わせたとき、真浩は静馬と口をきかなかったし、目も合わせていなかったような。

(何だかややこしいけれど……沙羅さんはどうなってしまうのだろう)

思い悩んでも、櫻子にできることは何もない。せめて彼女が気晴らしをしたいときに一緒にいるくらいしか。

そのまま黙って歩いていると、百済原邸の門が見えてきた。煌々《こうこう》と焚《た》かれた篝火が、門扉を闇夜に浮かび上がらせる。

「そろそろお別れですね。お送りいただいて、ありがとうございました」

櫻子が門前で足を止めると、静馬が手を離した。最初に手のひら同士が距離を置いて、名残のように人差し指が絡んだかと思えば、呆気なく外れてしまう。

指先に寒々しさを感じたのもつかの間、櫻子はあっと気づいて首元に手をやった。

「そうだ、これをお返しします。少し屈んでいただけますか」

まだ温もりを宿した襟巻きを外して、ぱっと広げる。身長差ゆえに櫻子には手が届かない。渡そうと思えば、どうしても静馬に屈んでもらう必要があった。

静馬はわずかに戸惑ったように瞳を揺らしたが、おとなしく櫻子に従った。

「これでいいか」

「はい、届きます」

「なぜわざわざ巻いてくれるんだ？」

「静馬さまもこうして渡してくださったので。それに、こうした方が暖かい気がします」

「……そうだな。あと、僕以外にやるなよ」

「承知しました」

ちょっと背伸びをしてえいやっと巻き終え、櫻子はホッとした。だいぶ暖かそうに見える。

静馬はどこかくすぐったげに襟巻きに触れてから、こちらを見下ろし尋ねた。

「櫻子。隠谷に来てから、周囲に変化はないか？」

「えっ？　いえ、特に思い当たりません」

唐突な問いに、きょとんとして答える。

静馬はしばらく櫻子と向き合い、「そうか。もし何か変わったことがあったら、すぐに僕に連絡してくれ」と約束させて、闇に姿を消した。


——その翌日。

「櫻子さん、動かないで！」

「くっ……これは、結構体力を使うのですね」

「そうよ。絵のモデルって体力勝負なの」

櫻子が隠谷を訪れてから三日目の午前中。櫻子は沙羅の写生に付き合うために、屋敷の裏手にやってきていた。

朝食の席で、沙羅が『私、櫻子さんをモデルにして描きたいわ』と言い出したのがきっかけだ。

縁側に座っていればいいからと言われたが、ただ座っているだけでも非常に体力を使う。描かれているとなれば緊張も加わってなおさらだ。しかも沙羅は失った視力を補完するためにかなりモデルに近づいて描くので、美しい顔がそばにあって緊張が収まらない。

沙羅が写生を終えた頃には、櫻子はくたくただった。

「いい出来よ！　見て見て！」

櫻子は、嬉しげに見せられる画帳を覗き込む。そこにはやや緊張した面持ちの櫻子が縁側に座り、こちらを見て微笑んでいた。

「すごい、これが私ですか……」

櫻子がかつて見たスケッチとは印象が異なる。線の描き込みの量が格段に増え、緻密な筆遣いで独特の光の印象を描き出していた。

晴れた空から降り注ぐ陽光が、辺り一面の雪をきらめかせる。その光が絵の中の櫻子を照らして、こちらを見据える瞳を輝かせる。鉛筆で描かれているのにとても色鮮やかに見えた。

それに何というのか、絵の方から語りかけてくるような迫力がある気がする。

「モデルになるのが初めてって感じの緊張が伝わってきますね」

「ふふん、美しいでしょう」

「はい、美しい絵です」

「そうじゃなくて、櫻子さんがよ。モデルがいいから、私の筆も冴えるというわけ」

「そうでしょうか……？」

櫻子が大したモデルだとは思えないので、完全に沙羅の手腕だろう。だが、沙羅が満足しているならそれでよし、だ。

それから二人並んで縁側に座りあれこれ話していると、雪を踏みしめる足音が聞こえてきた。

「沙羅！」

やってきたのは真浩だった。くるぶし辺りまで積もった雪を踏み分けて、はあはあと息を切らしている。眼鏡のレンズが上気して曇っていた。

「ここで写生をしていると聞いて来たんだけど」

「何の用かしら」

沙羅は濃淡のない調子で問う。真浩は沙羅しか見えていない様子で、勢い込んで言った。

「萩野家からの結婚の申し出を断ったと聞いたよ」

「その通りよ。申し出を必ず受けなくてはならない法はないわ。丁重に、礼儀正しくお断りしたわ」

「ぼくが……気に入らないかい」

真浩が消え入りそうな声で呻いて、自らの着物の胸元を強く掴む。沙羅は疲れたように肩をすくめた。

「そうよ、と言ったらあなたはどうするの」

「ぼくを認めてほしい。──ぼくは、沙羅が好きなんだ」

突拍子もない愛の告白に、驚いたのは櫻子だけのようだった。沙羅は凪がそよいだほどにも表情を動かさず、真浩もまた、実直な面差しを崩さなかった。

真浩が滔々と語り出す。

「沙羅、ぼくは君の右目が見えないことなんて気にしない。ずっと隠谷にいればそんなものは何の障害でもないんだ。ぼくの一番近くで、ぼくを支えてほしい。絵は趣味で続ければいい。そうだろう？　必要なら屋敷にアトリエでも何でも用意する。それくらいの甲斐性はあるさ」

沙羅は恐ろしいほどの無表情で話を聞いている。いや、違う。元々白いその肌が、怒りのために青ざめている。近くにいた櫻子は、沙羅の皮膚を透かして、雪をも溶かしかねない瞋恚《しんい》の炎が揺らめいているのを見て取った。

真浩は沙羅の逆鱗《げきりん》に触れたことにも気づかない様子でふにゃりと笑う。そうして、いかにも名案といったふうに指を鳴らした。

「そうだ、沙羅。今から一緒にデートでもしないか。そうしたらもっとぼくの良さがわかってもらえると思う。どうかチャンスをくれ」

途端、沙羅が縁側から跳ね立った。

「ふざけないで！」

憤りに満ちた声が辺りの空気をびりびりと震わせる。沙羅は大きな目を見開いて、険しく真浩を睨みつけた。

真浩が呆気に取られたようにぽかんと口を開ける。沙羅の豹変が本気で理解できないようだった。

沙羅は憤激を押さえつけるように深呼吸し、低い声で告げる。

「デートには行かないわ。悪いけれど、私は今から友人と出かけるから」

くるりと踵を返し、一足先に屋敷の玄関へ向かおうとする。櫻子も真浩に一礼して沙羅についていこうとした。なんとなく、この場にいたくなかった。

「沙羅、待ってくれ！」

背後から真浩が呼び止める声がする。そのとき、頭上で何か重たいものが滑るような音がした。

沙羅がハッと上を向いたのにつられ、櫻子も空を仰ぐ。

屋敷の屋根の縁から、分厚く積もった雪の塊がせり出しているのが目に映った。屋根に乗った雪が、沙羅に向かって今しも落ちてこようとしているのだ。

「沙羅さん！」

瞬時、迷う。沙羅の腕を引くべきか、飛び込むべきか。迷いは足をすくませ、櫻子をその場に縫い止める。沙羅は血の気の引いた顔で、ただ上を向いている。

櫻子は思い出した。——彼女は雪崩で視力を失った。

それでとっさに手を伸ばしかけたとき、またあのガラスの割れるような音が鳴り渡った。

音が消える。風が消える。大量の雪が宙空に留まり、太陽の光を場違いに美しく反射している。

櫻子は動きを止めたまま、横目に様子を窺った。

真浩が必死の形相で駆けてきて、躊躇《ちゅうちょ》なく沙羅の腕を引く。すぐに安全な軒下に移動させ、安堵《あんど》の息を漏らす。

再び音が鳴って、時間が流れを取り戻した。雪が勢い良く地面に落ち、細かな雪片が櫻子の頬を幾度も打った。

「沙羅、怪我はないかい。やっぱり絵を描くなんて危ないよ。ぼくがいなければどうなっていたか」

軒下で真浩が沙羅の背を撫でている。沙羅は顔をこわばらせて、唇を固く引き結んでいた。その体はかすかに震え、自分でもどうしていいのか惑っている風情だった。

「沙羅……」

「助けてくれてありがとう。だけど今は、あなたと話す気力がないわ。……櫻子さん、ついてきて頂戴」

沙羅が真浩の手を振り払って歩き出す。櫻子は慌ててその背を追った。

街に出ると、沙羅もだいぶ落ち着いたようだった。

あるいは、空元気かもしれない。

「あー、もう！　本当に腹が立つわね。自分にも苛立たしいわ」

「沙羅さん、もうそのおまんじゅう五つ目ですよ」

「食べなきゃやってられないわよ」

二人は土産物屋が軒を連ねる大通りを歩きながら、温泉まんじゅうを買い食いしていた。しっとりした厚めの皮に、たっぷり詰まったこし餡《あん》の甘さが相まって、疲れた体に染み渡る。櫻子が一つを味わっている間に、沙羅は早くも六つ目に手を出していた。

「ごめんなさいね、みっともないところを見せて。それに、櫻子さんも危険に巻き込んでしまったわ」

「私は大丈夫です。その、沙羅さんは……」

「怒りが遅れてやってきたわ。こういうのは瞬発力が大切なのに。悔しい！」

「瞬発力、ですか。あ、雪が落ちてきたらすぐに逃げなくてはいけない、というような？」

「違うわ、嫌なことをされたらすぐに嫌って言わないといけないの。それだけで避けられる被害がいくらだってあるのだから。櫻子さんも気をつけてね」

沙羅の口に、六つ目のまんじゅうが消える。櫻子はその横顔をぼうっと眺めて、思考を巡らせた。

（……確かに、思いはすぐに言った方がいいこともある、ような？）

櫻子にできるかは怪しいが。

とはいえ、すでに平静を取り戻している沙羅の逞《たくま》しさに櫻子はしみじみ感じ入っ

いただろう)
た。櫻子は先ほどの出来事に、まだ足元がふわふわと心許ないというのに。
(もし、さっき私が沙羅さんの手を引いてあの場から逃げ出していたら、どうなって
いただろう)
櫻子は黙って見ているばかりだった。あれは沙羅の舞台で、櫻子は袖に立ち尽くし
ているようなものだったのだ。
でも、櫻子がお節介を焼いて沙羅を連れ出していたら。落雪はやり過ごしてしまっ
て、気兼ねなく街を散策できたかもしれない。
櫻子だって沙羅があんな苦しそうな顔をするのを見たくはなかった。それだけで、飛び込むには十分すぎる理由だった気もする。
(……それにもっと昔、相良家で嫌と言っていたら、どうなったかしら)
辺りに風花が舞い始めた。まつ毛に氷の粒がまとわりつく。
なんだか暗い記憶ばかりが蘇ってくる。理由はわかっていた。
自分の意志を否定された沙羅に、かつての自分を重ねているのだ。
ふう、と短く息を吐き、櫻子はもう一口まんじゅうを齧《かじ》った。餡子が口の中でほろ
りと崩れる。
(重ねるなんておこがましい。沙羅さんはきちんと怒っているのだもの。私とは違う
わ)

でも、もしも——自分がもっとまっすぐで、折れない強さを持っていたなら。

相良櫻子も人間だということを家族に思い出させていたら。

もしかすると、家族全員が幸せに暮らすという道があったのだろうか。

(……いえ、勢い余った躾で殺されていた気がするわ)

一瞬だけ脳裏に描いた砂上の楼閣をごしごしと消す。

やっぱり櫻子は「櫻子」にしかなれない。良くも悪くも。それ以外になりたいと、どれほど強く望んだとしても。

「ねえ、櫻子さん」

沙羅の物静かな声が、櫻子を思考の海から引き上げた。右を向くと、沙羅は買ったまんじゅうをすべて食べ終えてうつむきがちに歩いていた。

「……誰かに助けられるような人間は、助けてくれる人を必ず好きにならなくてはいけないのかしら」

「えっ⁉」

櫻子はぎょっと目を剥く。危うくまんじゅうを喉に詰まらせるところだった。

「そ、そんなことあるはずありません！　誰かに助けられたら、ありがとう、と感謝すればそれでいいではありませんか」

おおげさに両手を振り上げて、懸命に言い立てる。沙羅が真浩に屈託を抱いているのは明らかだった。

沙羅が疲れたように眉尻を下げる。さっきまでむしゃむしゃまんじゅうを頬張っていた口元には、隠しようもなく苦笑が現れていた。

「その通りだわ。私もそう思う。救いの手に載せられるべき金貨は、愛ではなくて感謝。好きになってもらおうと思って誰かを助けるなんて、卑しいわ。……傍から見ていれば、迷いなくそう言える」

沙羅は固く拳を握り、息苦しそうに胸元を押さえた。

「でも、助けられる側の人間からしたら、そんなに簡単な話じゃない」

吐く息は白く震えて、空に立ち上っていった。

「どうしたって、引け目を感じる。真浩は私が好きだと言う。私を助けてくれる。ならば、私も真浩を好きにならなくちゃいけないいんじゃないかって」

「そんな……そんな悲しいこと、あるわけないです！」

櫻子は馬鹿みたいに繰り返すしかなかった。どうしたら沙羅の迷いを解けるのかわからない。

だってその問いは、かつての櫻子にも跳ね返ってくるのだ。

沙羅は難しい顔をして地面を睨んでいた。

「私は今から、とてもひどいことを聞くわね」

「……ど、どうぞ」

「櫻子さんは、ご実家でひどい目に遭っていたのよね。そんな地獄から救い出してくれたのが静馬だった。だから、その報いとして静馬を好きになったの？」

「違います」

櫻子はきっぱり首を横に振った。できることはそれしかなかった。

「私が何を言っても説得力に欠けるでしょうが、私が静馬さまのおそばにいると決めたのは、救いに対する報酬ではありません。もしそうだったら私はとっくに挫けています。引け目だけで上手くいくほど、平坦《へいたん》な道のりではなかったのです」

真剣な櫻子の面持ちに、沙羅はほのかに笑った。溶けて消えてしまいそうな、儚《はかな》い笑みだった。

「そうね、二人を見ているとそう信じられる気がするわ。どうかずっと、そのままでいて頂戴。……なんてね」

冗談っぽく沙羅が右目を瞑る。けれどその声音には痛切さが響いていて、櫻子は両目を見張った。真意を測りたくて、口を開きかける。

そのとき土産物屋の間の路地から人影が飛び出してきて、櫻子と思い切りぶつかった。

「きゃっ、すみません」

相手はよろめいて地面に尻餅をついた。ハンチング帽を深く被っていて、その顔は見えない。ただ、帽子の下から覗く髪が金色なのが目についた。

「大丈夫ですか。お怪我はありませんか」

慌てふためいて手を伸ばす。その刹那、櫻子の指先を炎が舐めた。

「――え？」

「櫻子さん、下がって！」

鋭く叫んだ沙羅が勢い良く櫻子の襟を引く。見る間に帽子の男が炎に包まれ、辺りに悲鳴が沸き起こった。

「大丈夫!?　火傷とかしてない!?」

「だ、大丈夫です」

櫻子は指を握り込む。あれだけ間近で炎に触れたというのに痛みは感じず、肌には傷一つない。これはすなわち。

――異能の炎だ。

男は火だるまになるだけではすまなかった。体から噴き出る炎が蛇のように地を這い、道に積もった雪を溶かしていく。周りの人々の着物を焦がす。

絶叫が渦巻き、我先に逃げ出そうとする人々は押し合いへし合い、今にも将棋倒しになりそうだった。

さらにほかの路地からも人影が現れる。洋装の男だ。何か喚きながら両手を空に向けた。

男の手の動きに合わせるように急速に風が渦を巻き、炎の柱を何本も作り上げていく。竜巻だ。店の前に幾本も翻る幟《のぼり》に火がつき、煙が立ち上る。熱気が膨らみ、櫻子の額に汗が噴き出た。

さらに三人目が現れる。こちらは女で、両手から閃かせた雷撃を人々の背に撃ち込んだ。櫻子のすぐ隣にいた子供が撃たれそうになって、急いでその前に身を投げ出す。太もも辺りに何かがぶつかったような感覚だけはあったが、特に痛みは感じない。やはりこれも異能だ。だが、別の場所では雷撃を受けたと思しき人々が悲鳴をあげて崩れ落ちていた。

場は完全に混乱状態だ。

彼らは何か意志があってやっているというふうではない。内側から溢れ出る力の奔流に押し流されているようだった。

異能を操っているというより、異能に操られているような。

「櫻子さん、こっちへ逃げましょう！」

人に挟まれて身動きの取れない櫻子に、沙羅が手を伸ばそうとしてくれる。けれどその手を掴む前に、人の流れに巻き込まれて櫻子は人混みから弾かれた。

（……え？）

櫻子が押し出されたのは、風を操る男の前だった。

地面に倒れるまでのほんのつかの間、目が合う。それが翡翠みたいな色をしているのに櫻子は気がついた。

背中から思い切り転ぶ。着物や袴が溶けた雪を吸って重さを増す。跳ね起きようとして、ブーツの底が滑った。もう一度、今度はうつ伏せに倒れる。地面についた手のひらが擦りむけて痺れるような痛みが走った。

足元に転がる櫻子が邪魔だったのだろう。男が足を上げ、櫻子に振り下ろそうとする。

まずい、と反射的に頭を抱える。櫻子は物理的な暴力には抗う術を持たない。これなら異能で攻撃された方がマシだった。

衝撃に備えて歯を食いしばる。足蹴にされるのは、慣れている――慣れていたのだ。呻き声一つで耐えてみせる。

覚悟を決めた瞬間、空が真っ白に光った。

続いて天を裂くような轟音《ごうおん》とともに、稲妻が男を直撃する。間近にいた櫻子にも揺れが伝わるほどの威力だった。

耳がビリビリとして、音が水の中にいるみたいにくぐもって聞こえる。懸命に上半身を起こすと、すぐそばにしなやかに人影が着地した。

背の高い、白銀の髪に緋色の瞳の端正な面影――。

「無事か!?」

「静馬さま！」

どれほど耳が弱っていたって、その声を聞き間違えることはあり得なかった。

静馬が恭しい手つきで櫻子を引き起こす。通りは狂乱する人々でごった返しているので、通り沿いに立ち並ぶ店舗の屋根を渡ってやってきたものらしかった。

静馬は雪と泥とでボロボロの櫻子に痛ましげに眉をひそめ、診察の手捌《てさば》きで耳元や頭に触れる。

「頭は打っていないか？　耳は聞こえているか？　悪い、手加減できなかった」

「私は頑丈なので大丈夫です。ありがとうございました」

へろへろと答えると静馬が疑わしげに目を眇めた。

「絶対に大丈夫ではないな？　あとできちんと答えてもらう。今は僕の後ろへ」

「はい……」

本当に大した怪我はないと思うのだが、ひとまず静馬の背に隠れる。人垣の向こうで、鞍田や井上が人々を避難させようとしているのが見えた。

燃える男、竜巻の男、雷撃の女が集まるこの一帯からは人が遠ざかり、ポッカリと空隙が生まれている。

静馬がすっと指で空気を撫でるような仕草をする。それだけですぐ真上の空に叢雲《むらくも》が集まり、四方に雨を降らせた。

あっという間に火が消えていく。燃える男は力を使い果たしたのか、ぐったりとその場に倒れた。その横には竜巻の男が転がっている。

残るのは雷撃を放つ女だけだった。静馬は背後に櫻子を庇い、わずかに腰を落として警戒しているが、その顔はいたって落ち着いていた。

「……さて、報いは受けてもらおう」

低く呟いて、静馬がもう一度稲妻を放つ。それは雨の中に影を残すように閃いて、女は呆気なくくずおれた。

それでお終いだった。

「櫻子さん！」

雨がやんで、血相を変えた沙羅が人垣から飛び出してきた。地面で跳ねた泥が足元を汚すのも構わずこちらへ駆け寄ってきて、思い切り櫻子に抱きつく。

「無事で良かったわ。離れてしまったときにはどうしようかと」

「沙羅さんもご無事ですか？」

「私は大丈夫よ、ああ本当に心配だったわ！」

背に回された沙羅の手に力がこもる。濡れた髪の素朴な匂いに包まれ、櫻子は安堵して沙羅を抱きしめ返した。温かい。

「……沙羅、一旦櫻子を離してもらえるか。彼女は僕の妻だ」

静馬が低い声で言って、沙羅を見据える。沙羅はひしと櫻子を抱きしめたまま、べっと舌を出した。

「あら嫉妬？　羨ましいかしら？」

「お前な」

「あの、静馬さま？　沙羅さんに心配されるのが羨ましいのですか？　私の場所をお譲りしましょうか？」

沙羅の腕から顔を覗かせ、櫻子は親切のつもりで提案した。しかし静馬ははっきりと首を横に振る。

「それは不要だ」

「いいわよ櫻子さん、そのままでいて頂戴」

緊張から解き放たれて、たわいのない会話を交わす。

櫻子は完全に気が抜けていた。濡れそぼった着物が重くて、立っているのもやっとだった。だから、気づくのが一拍遅れた。

――もう一人の男が、すぐそばの路地から現れる。

何の異能を持っているかはわからない。だが苦しげな呻き声をあげて顔を掻きむしったかと思うと、周囲の地面が盛り上がり何本もの太い蔓《つる》が生えてきた。それらは意思を持っているように自在に動き、櫻子たちに確実に狙いを定める。

一番反応が早かったのは静馬だった。櫻子を片腕に抱え込むかたわら、すぐさま蔓を凍らせて動きを止める。迷いのない、流れるような動作だった。

その間隙を縫うように沙羅が走る。凍りついた蔓の間から手を伸ばし、男に触れた。瞬きする間もなかった。男の体がびくんと跳ねて、その場にくずおれる。沙羅に意識を封じられたのだろう。倒れた男は目を閉じて、ぴくりとも動く様子がなかった。

ぱきん、と細い音を立てて、凍った蔓が粉々に砕け散っていく。氷の粒がキラキラと輝く中、櫻子は呆然として静馬の腕に身を預けていた。足が震えて、一歩も動けなかった。

——櫻子は、何にもできなかったのだ。

「残党がいたなんて、危ないところだったわね。左側から来てくれて助かったわ。私でも見えたもの。暴漢を取り押さえるなんて初めてだけど、上手くいって良かった」

沙羅が乱れた髪を払いのけ、櫻子たちのそばへ戻ってくる。その顔は平静そのもので、たった今〝危ないところ〟を退けたようには見えない。静馬との連携も、初めてとは思えないほど滑らかだった。

静馬がわずかに眉根を寄せる。

「護身の基本は逃走だ。今回上手くいったからといって、今後も立ち向かおうとするなよ」

「もちろんよ、静馬がいないところでやろうとは思わないわ。危ないし、いつ異能を発動していいかわからないし」

沙羅は何気なく言って肩をすくめた。それから静馬に抱きしめられている櫻子に目を留め、小さく悲鳴をあげる。

「ちょっと櫻子さん、怪我してるじゃない！」

「え……」

櫻子は頭の半分が麻痺したようになって、上手く思案が回らない。言われるまま沙羅に両手のひらを差し出した。転んで擦りむいた傷から血が滲んでいた。

「すぐに手当てしなくちゃ。傷痕が残ったら大変だわ」

「ああ……これくらいなら平気です。放っておけば治ります」

「どうして放置するのよ？　医者に行って〈治癒〉の異能をかけてもらいなさい。私の目と違って、あなたは間に合うんだから」

そこで初めて、沙羅の手がしきりに震えているのに気がついた。

沙羅も怖かったのだろうか。それとも、痛ましい過去の記憶が彼女を苛んでいるのだろうか。櫻子には何もわからず、上手いことなんて何も言えない。一つだけ確かなのは、沙羅が友人である櫻子を心の底から案じてくれていることだけだ。

思考がぐちゃぐちゃにかき乱されて、櫻子は胸苦しくなった。

「……そ、うですね」

けれど、と唇を噛む。櫻子の無能は〈治癒〉の異能の効力も打ち消すため、至間國の医療はたいてい無意味なのだ。

沙羅は今にも櫻子を病院へ引っ張っていきそうな勢いだった。なんと答えるべきか困っていると、静馬がおもむろに櫻子の手を引き抜く。

そうして懐から取り出した手巾を櫻子の傷口に当て、断固とした口調で言った。

「櫻子は僕が引き取る。いいな」

そうするしかないだろう。この状況で櫻子に異能が効かないと明らかになってはまずい。

しかし沙羅は何を勘違いしたのかにんまり笑い、「そういうことなら、静馬に任せるしかないわね。櫻子さんの着替えはあとで届けさせるから」と大きく頷くのだった。

櫻子が連行されたのは、隠谷にある仁王路家の別邸だった。

百済原家邸よりは小さいが、かつて帝都にあった相良家よりは大きい。隅々まで掃除が行き届いていて、過ごしやすそうな平屋造りの屋敷だった。

静馬から手当てを受けた櫻子は、休むようにと厳命されたのを綺麗に忘れたふりをして、一人ぽつんと料理していた。厨にあった材料を拝借し、米を炊き、肉じゃがやらふろふき大根やらをこしらえていく。

ぐつぐつ煮立つ鍋から顔を上げ、庭に面した窓に目を向けた。すでに日は落ち、石灯籠や庭木に積もった雪が月光を反射して、夜の底を明るくしている。けれどその幻想的な光も、櫻子の心を照らしはしなかった。

（……静馬さまは、いつ頃お帰りになるかしら）

静馬は今回の騒動の調査があるため、櫻子を手当てしたあと仕事に戻らざるを得なかった。本当に苦しげに謝っていたが、あんな事件があったのだから仕事を優先して当然だと思う。

それに、今は一人でいられてよかった。

頭が混乱したまま沙羅と一緒にいたら、何かひどいことを口走って周りを傷つけてしまう気がした。それなら誰もいない場所で、せめて静馬のための夕飯を作って、自分はまるきり役に立たないわけでもないのだと塞いだ心に言い聞かせたかった。

うつむいて、鍋に目を落とす。湯気が目の前を曇らせ、出汁の香りが鼻腔《びくう》をくすぐる。上手い具合にできていると思う。

櫻子にできることは、こんなものだ。

あらかた完成した料理の味見をしていると玄関の方から引き戸の開く音が聞こえてきて、櫻子はぱたぱたと出迎えた。

「おかえりなさいませ、静馬さま」

「ああ、ただいま」

静馬は外套の肩に積もった雪を払い落としていた。櫻子も手伝おうと手を伸ばすと
「手が冷えるからだめだ」ときっぱり断られる。しょんぼりしたのもつかの間、静馬は手早く外套を脱ぎ、ぎゅうと櫻子を抱きしめてくれた。

「傷の具合はどうだ？　待っている間、何もなかったか？　この別邸には異能で結界を張っているから問題ないと思うが、心配だった」

「不審なことは、何も。傷も大丈夫です。ありがとうございます」

背中に回る腕の力の強さにドキドキしながら答える。静馬は安心したように息を吐いた。

「そうか、ならいい」

それからすんと鼻を慣らし、どこか面白がるような口調で言った。

「ずいぶん美味しそうな夕餉《ゆうげ》の匂いがするな？　休めと言ったのに」

「料理をしていた方が落ち着いたので……」

静馬の腕の中で、櫻子は肩を縮こまらせた。頼まれてもいないのに夕飯の用意をするのは差し出がましかっただろうか。

しかし静馬はくすりと笑声を漏らすと「咎めたわけじゃない」と優しく櫻子の頭を抱え込んだ。

「助かる。ちょうど空腹だったんだ」

静馬の言葉に櫻子もホッとする。少しでも役に立てたなら嬉しかった。

そうして座敷へ移動して、二人で夕餉をとることになった。

座卓を挟んで向き合い、卓に並べた料理をつつく。豪勢な献立というわけではなかったが、静馬はどれも「美味しい」と言いながら綺麗な箸づかいで平らげていった。

懐かしさが櫻子の胸にこみ上げる。こうしていると、まるで。

「……出会ったばかりの頃のようだな」

静馬の呟きに、櫻子は頷いた。ちょうど同じことを考えていたのだ。

帝都の別邸で、二人きりで暮らしていた頃。使用人はいなくて、櫻子が毎日料理を作っていた。美味しく食べてもらいたいと願ったのは、思えばあれが初めてだった。

「あれから、遠いところまで来た。……櫻子はずいぶん変わったな」

しみじみと静馬が言う。櫻子は肉じゃがを飲み込んで呟いた。

「悪いことでなければ良いのですが」

「悪くない。誰が何と言おうと、僕はとても嬉しく思っている」

それなら良かったのだろうか、と櫻子は弱々しく微笑んだ。

隠谷へ来てから——いや、沙羅に出会ってから、櫻子は自分の知らない自分に出会っている。なんだかそれが、いやに恐ろしい。そこで出会うのが、静馬の隣にふさわしいような美しい面影とは限らないのだ。

櫻子はもう一口肉じゃがを摘んだ。ほっくりと煮込んだじゃがいもは、甘辛く味つけたはずなのになんだか粘土みたいだった。

そんな櫻子を静馬がじっと観察している。鋭い視線は櫻子の虚飾を剥がしていくようで、喉には言葉が詰まっていった。

その後は言葉少なに夕飯と後片づけを終え、寝支度を整えようとしたとき。

「櫻子、一緒に温泉でも入ろうか」

静馬の誘いがあまりに気軽な調子だったので、櫻子はつい頷いてしまった。

「はい。……いえ、何と仰いました？　一緒に？　温泉に？」

疑問を数え上げるたび、櫻子の顔が熱を持つ。よくよく考えるととんでもない状況だ。そんな心の準備はまったくできていない。

真っ赤になってうろたえる櫻子に、静馬がふっと微笑んだ。

「この別邸には、露天風呂が設《しつら》えられている。きちんと仕切りで二つに区切られているから安心していい」

「あ、ああ……そういう……」

「隠谷の源泉から引湯しているから、切り傷にも効くと思う」

「ええと、では、ぜひ」

櫻子の怪我を心配してくれていたのだ、と気遣いが胸を刺す。それなのに過剰反応してしまったと反省していたところで、静馬が悪戯っぽく言った。

「僕は別に、本当に一緒に入っても構わないが」

「わ、わわ私には無理です！」

「わかっている、冗談だ」

「静馬さまが言うと冗談に聞こえません！」

逃げるように向かった先の露天風呂は、温泉宿もかくや、という広々とした造りだった。

湯殿は太い竹を組んだ木賊垣《とくさがき》に囲まれていて、屋敷の奥まったところにあるから外から聞き耳を立てられることはなさそうだった。もう一つの湯殿とは網代垣《あじろがき》で仕切られており、互いの姿を見ることは不可能で、確かに何の問題もない。

「お家に露天風呂があるなんて、信じられないわ……」

気圧されながらもちゃぽんと温泉に浸かる。肩まで温かさに包まれて、櫻子はほうと吐息をついた。辺りには湯気がもうもうと立ち上り、ため息さえも紛れて消えていきそうだった。

「櫻子、いるか」

隣から静馬の声が聞こえてきて、櫻子は反射的にそちらへ顔を向けた。

「はい、何かございましたか」

「何かあったのは櫻子の方だろう。ずっと気落ちしている。……事件に巻き込まれてショックだったか」

「それは……」

知らず言い淀む。確かに、荒れ狂う異能の嵐を前にしたのは衝撃的だった。だが櫻子が変調をきたしているとしたら、昼間の出来事が原因ではない。

しばしの間、櫻子は言葉を探した。

「……静馬さまは、沙羅さんのことを何とも思っていない、と仰っていましたね」

「ああ、今も変わりない。僕には櫻子しか見えていない」

恐ろしいほどの断言だった。櫻子は水面から手を出し、手のひらを眺める。きちんと手当てを受けた傷に、湯は沁《し》みなかった。

「はい。静馬さまのお心を疑っているわけではありません。ただ、以前にそうお答えいただいたとき、私は何にもわかっていなかったのです。何も考えていなかった。でも今は違います。今の私は沙羅さんの友達で、友達の良いところをたくさん知っています」

木賊垣で切り取られた夜空を見上げる。全体が雲に覆われて、月も見えなかった。

「だから……っ」

声が喉に詰まる。ひっく、としゃくり上げそうになるのをなんとか堪えて、櫻子は声を押し出した。

「──私は、沙羅さんが羨ましい」

それは以前、帝都のカフェで抱いた淡い憧憬とはまったく性質を異にしていた。もっと深くて、強烈で、浅ましい。

吐く息が震えて、櫻子は手のひらに顔を押しつけた。

「前向きで、困難に挫けない強さがあって、優しくて、家族から愛されていて、家族を愛していて……」

話すほどにどくどくと心臓が脈打って、今にも肋骨《ろっこつ》を突き破って飛び出してしまいそうだった。

「それにとても綺麗で、強力な異能をお持ちで、名家のご出身です。どうして沙羅さんがあんなに自信満々に妾になりたいと言ったのか、理解できてしまいました。静馬さまの隣にいるべきなのはあんな方なのではないかと、考えてしまったのです」

すべて櫻子には持ち合わせのないものばかりだった。だからこそ輝いて見えて、自分の足元に伸びる影の暗さが目につく。自分に何ができないのか、明瞭に自覚してしまう。

網代垣の向こうから、静馬の声が空気を震わせる。

「……本気でそう思っているのか」

低められた声は、おどろおどろしい響きを伴っていた。怒っているのかもしれない。当然だとも思う。櫻子は、言っても詮ない繰り言を述べているだけだ。こんなことは静馬と結婚した当初から色々な人に言われてきたのだ。

それにもかかわらず、今こんなにも心臓が握り潰されたように痛むのは。

両手で顔を覆ったまま、呻くように言った。

「でも一番困るのは、どんなに素敵な相手であっても私はもう譲りたくないということです」

隣から、息を呑む気配がした。けれど構わず櫻子は一息に言い切った。

「沙羅さんは良い方だと知っているのに。沙羅さんは私にないものをたくさん持っていて、きっと静馬さまに素敵なものをお渡しできるのに。それなのに私は、自分が静馬さまのそばにいたいと願ってしまう。ひどくわがままな人間になってしまいました」

はっきり言葉にすると、自分の浅ましさが心臓を抉《えぐ》った。目の前を、雪片がひらひらとよぎっては水面に消えていく。同じように櫻子もこの場から消えてしまいたかった。

長い間があった。降る雪はどんどん量を増し、辺りを真っ白に染め上げる。

もう呆れられてしまって返事はないかもしれない、と思い始めた頃、ぼそりと応えがあった。

「……どう言ったらいいのか、僕にもわからないが」

戸惑っているというよりは、激情を抑え込んでいるような声音だった。

「そんなものは、わがままでもなんでもない。僕だって櫻子に対してそう思っている。――絶対に誰にも渡さないと」

そうして一呼吸置いて、

「その僕を傲慢だと断じる権利は、櫻子にだけある」

こちらの答えを待っているような沈黙があったので、櫻子はぐいと顔をこすって答えた。

「傲慢とは思いません、が……」

「……なら、良かった。同様に、僕も櫻子をわがままとは思わない。それだけの話だ。違いを言うなら、櫻子には優しさがあるが僕にはないというだけだ」

かすかに笑い声を漏らし、静馬が続ける。その笑みに苦さが滲んでいる気がして櫻子は目を瞬かせた。

「櫻子がどれほどのものを僕に与えてくれているか、おそらくどれほど言葉を尽くしても伝わらないだろうな。だが間違いなく櫻子にしかできないことだ」

「私にしか……？」

櫻子は小さく呟いた。雪が唇に着地して、一瞬だけひんやりと痺れさせてから溶けていく。

「よくわかりません。私は静馬さまの誕生日プレゼント一つ、上手に選べないような人間です。そんな私が一体何を与えられるというのでしょうか」

「僕の誕生日を知っていたのか」

驚いたような声が返ってくる。見えないのを承知で、櫻子は力なく首を振った。

「霞さんに教えていただかなかったら、永遠に知らないままでした。私は誕生日を祝うということすら思いもいたらない、不出来な人間です」

静馬の誕生日を聞いてから、贈り物について毎日考えている。それでもまだ思いつかない。静馬のことが好きなのに、それだけは間違いないのに、好きな人が何を欲しいのかさえわからない。

櫻子はぎゅっと目を瞑る。雪の白さが焼きついて、眼裏さえ仄明るい。泣くまいと思っていたのに目尻に涙が滲んだ。

静馬が言うには、櫻子にしか与えられないものが存在するという。けれど櫻子は知っていた。自分には、決して持ち得ないものがあることを。

静馬が目の前にいなくて良かった、と櫻子はうつむく。きっとひどい顔をしている。

しかし、だからこそ尋ねられる問いがあった。

「私はあまりいい家庭で育たなかったので、想像すらできないのですが——静馬さまは、誰にも歪みがなくて、温かくて、円満な……〝普通〟の家族が欲しいとは思いませんか？」

「いいや、まったく思わない」

即答だった。浮かんだ涙も消え去るほどに。

「……えっ？」

しばし言葉を失い、櫻子はパチッと目を開ける。今のは聞き間違いではないかと我が耳を疑った。

「……お答えを間違いではありませんか？　もう一度考え直さずともよろしいですか？」

滅多にないことに反論などしてしまう。対する静馬は毅然《きぜん》とした調子を崩さない。

「いくら考えても結論は同じだ。僕にとって重要なのは、どんな形であれ、ほかでもない櫻子と家族になることだからな」

「……なるほど」

あまりの迷いのなさに、櫻子がうじうじと疑いを挟む隙もない。きっぱりした声音には、本当に心の底からそう考えているのだろうという説得力があった。

櫻子にとってはかなり切実な問いだったが、静馬にとっては当たり前の答えを返すだけの、わかり切った常識だったのかもしれない。

（そうか……そうだったのね……）

ぐるぐると思い悩んでいた時間は何だったのか、と頭が痛くなってくる。しかしそんな回り道をしていなければ、そもそも自分が何に苦しんでいるのかさえ知らないままだっただろうと思えた。

櫻子の拍子抜けに気がついたのか、静馬が生真面目に付け足した。

「僕も普通の家庭で育ったとは言えないし、何が正しいかは知識でしか知らない。だが、櫻子と一緒に作り上げるものなら、それがどんな過程でも方法でも僕にとっては正解だ。だから……櫻子は、ほかの誰かにならなくたっていい」

その言葉は、緊張の解けた櫻子の頭にすっと入ってきた。

――櫻子は、櫻子であっていい。

「そう、なのですね」

ふっと手足から力が抜けて、顎まで湯船に沈む。心地良い温もりが体を包んだ。こんなに心がやわらいだのは久々だった。

(こんなに簡単なことだったなんて)

静馬がどこか憐れむような口調で続ける。

「櫻子が〝普通〟に愛されたいというなら叶えてやれずに申し訳ないが、それはもう諦めてくれ」

「……私が?」

櫻子はきょとんと応えた。考えたこともなかった。

「諦めるも何もありません。私は別に、自分のために〝普通〟が欲しいと思ったわけではないのです」

「本当に? 一度でも、少しでも考えたことはないか」

「ありませんよ? 私の幸福は今、ここにあるので」

どうしてそんなことを聞くのだろう、と不思議だった。どう考えたって、誰かが定義した〝普通〟なんかより静馬のそばにいる方が幸せに決まっている。

そこまで考えて、やっと体に納得が追いついた。

──そういうことだったのか。

(私たちは、同じことを言っている)

きっと想いは同じ色をしている。彼岸と此岸を分けているのは、覚悟の有無なのだろう。

ならば櫻子のすべきことは一つだった。

(私は私なりに、静馬さまを幸せにしよう。どんなにみっともなくても)

櫻子はきゅっと手を握り、固く心に決めた。

「……ところで、静馬さま。この機にお伺いしますが、何か欲しいものなどございませんか？」

もう買い物の代行になっても構わない、と踏ん切りをつけて問う。一人で贈り物を選んで喜ばせるなんて芸当は不可能なのだから、最初から聞いた方がいい。これが今の櫻子のやり方だ。

また長い間があった。今度の沈黙は先ほどよりも長かった。言葉を失っているのではない。何事かを深く考え込んでいるという風情である。

何だか頭が火照《ほて》ってきて、櫻子は腕を伸ばして辺りに積もった雪を触ってみた。ひんやりした感覚が気持ち良い。

「……いくつか候補はあるが」

「なんでしょうか。私にご用意できるものならなんなりと」

やっと答えが返ってきて、櫻子は湯に戻った。聞き逃してはなるまいと湯殿を仕切る網代垣のそばへ寄る。

「……本当にいいのか」

「はい、何でも仰ってください」

無邪気に答える櫻子に、静馬は苦しげな唸《うな》り声をあげた。

「……いや、やはりやめておく」

「なぜですか？」

「欲しいものはある。だが、それは自分で得るべきものだからだ」

「今、なぞなぞを出題されています？」

「していない」

「それでは、一体何を望まれているのですか？」

困惑した櫻子の問いに、返ってきたのは短い苦笑だった。

「たとえば、櫻子の人生が欲しいと言ったって困るだろう」

「特に困りませんけれど」

櫻子はぽかんとした。

「第一、それはすでにだいたい全部静馬さまのものでしょう」

「違う。櫻子の人生は櫻子のものだ。櫻子が簡単に与えようとするから、僕はかなり自分を律していると念頭に置いておけ」

「はあ。なぜわざわざそんなことを……？　それに『簡単に』と仰いますが、静馬さまにだけですよ」

何かを堪えるような沈黙があった。

雪は降る。どんどん降る。あまりにも沈黙の時間が長いので、櫻子は心配になってきた。

「あの、大丈夫ですか？　のぼせていませんか？」

「それは平気だが。……ああ、まったく歯痒《はがゆ》いな」

「えっ？」

「今すぐ櫻子を抱きしめに行きたいのに、できない」

「そうですか？　でも、私はこの距離で良かったと思いますよ」

櫻子はふわりと笑う。間近に体を寄せていたら、きっとこんなふうには話せなかっただろう。

その夜は、庭が一番よく見える座敷に床を取った。

「私がこのお屋敷にいると邪魔ではないですか？　今からでも沙羅さんのお宅に戻りますよ」

「この期に及んで僕が櫻子を帰すと思うのか？　絶対だめだ。今夜は僕のところにいろ」

「お邪魔にならないなら良いのですが……」

櫻子の意識は、座敷に敷かれた二式の布団に向けられていた。柔らかそうな羽毛布団は当然のようにぴったりと寄り添っている。櫻子が口を挟む間もなく用意されたものだ。

（いえ、静馬さまはここにはお仕事で来ているのだから、何かがあるとかないとか考えるのは自意識過剰ね）

言い聞かせて、いつもより早く脈打つ鼓動を押さえる。こっそりと忍ばせた深呼吸も、静馬には見透かされている気がしてならない。

とはいえ櫻子はまだ眠るわけにはいかなかった。異能力の発散があるのと、昼間の事件について静馬から話を聞かれたためだ。

「……それでは、櫻子があの場に居合わせたのは偶然だったんだな？　異能を暴走させた人間たちにも、まったく心当たりはないと」

「はい」

布団が敷かれた座敷ではなく、その続きの間で、二人は壁際に据えられた文机のそばに座っていた。手は文机の上に重ねて置かれている。

部屋の隅では行灯が周囲を照らす。淡い橙色の光が、思案を巡らせる静馬の横顔を浮かび上がらせていた。

それがひどく深刻な顔つきに見えて、櫻子はおそるおそる尋ねてみた。

「何かご心配が？」

「〈発火〉の異能を暴走させた、金髪の男がいただろう。あの男は〝サガラ〟という若い娘を探していたんだ」

「……うん？」

突然出てきた自身の旧姓に、櫻子は目を丸くした。

「私ですか？　でも、相良は珍しい苗字ではありませんからね」

「そうなのか？　相良家は男爵家だっただろう。おいそれと名乗れない、筋目正しい苗字じゃないのか」

「元々は由緒ある家柄だったらしいですが、その分家の分家の分家の分家……くらいが相良家なのです。だから華族以外にも相良姓は平気でいますよ。それに相良の娘というなら、私の妹も当てはまりますし。……もしかして、深雪がまた何か」

「あの娘について、監視から特に報告はない。今回の件には何も関与していないだろう」

さらりと答える静馬に、櫻子は「そ、そうですか」とぎこちなく頷くしかなかった。

静馬は、山奥に追放した櫻子の家族たちに〝あくまで私的な〟監視をつけており、異常があれば逐一知らせが来るように整えているらしい。

深く突っ込んでいいのか櫻子には判断がつかない。鬼が出るか蛇が出るか。ひやりとしたものが背中を掠《かす》めて、話題を転じることにした。

「それより、あの騒ぎで怪我人は出なかったのですか？」

「幸いにも、通行人のうちに大きな怪我を負った者はいなかった」

「ああ、それなら良かった……」

これは本当にそう思って、胸元に手を当ててほっと安堵の息を吐く。あのときはどんな悲惨な事故が起きてもおかしくなかった。あれだけの騒ぎがあって重傷者が出なかったのは、静馬たちが迅速に事を収めたからだろう。

あらためて昼間の騒動を思い起こすとぞっとする。耳を聾《ろう》する悲鳴と怒号、辺りを這う炎の熱、鼻を覆う煙の焦げ臭さ。間近で目の合った、異能者の顔――。

「あ、そういえば」

一つ気になることがあって、櫻子は声をあげた。

「風を操る異能の方がいましたよね。あの方の目が少し変わっていて、緑色だったのです」

ちらと目線を上げて静馬と目を合わせる。血に濡れたように赤い、透き通った瞳と。

「……静馬さまの瞳や髪の色も、異能病の副作用でしたよね？　だから、もしかすると異能の暴走は異能病と関係があるのではないかと心配になって……」

静馬はわずかに目を見張った。文机に置いた手にぎゅっと力を込められる。

「……そのような症例はない。異能病は、死の淵《ふち》まで体を衰弱させるだけだ」

「本当ですか？　もし静馬さまがああなってしまったらと思うと、私は……」

その先の言葉は見つけられなかった。想像するだけで心臓が握り潰されたように痛む。堪えきれずにうつむいた櫻子に、静馬が力強く言った。

「大丈夫だ。こうして異能力の発散をしているうちは何ともない。そんな顔をしないでくれ」

つないだ手を引き寄せられて、胡座《あぐら》をかいた静馬の膝の上に横抱きにされる。思いもよらぬ密着具合に櫻子はヒュッと息を止めた。心臓が別の意味で痛い。

「あ、あの」

「どうした？」

「ち、近い、のですが」

「だがこの方が効率がいいから」

静馬の顔つきは大真面目で、とても櫻子を欺いているようには見えない。――果たして本当にそうだろうか？

「嘘ではないですよね？」

「効率がいいのは本当だ。……そう言ったら、僕はどこまで許される？」

「許す、とは？」

他意なく問い返した櫻子に、静馬が不穏な微笑を浮かべた。

「たとえば、こうしたら？」

首元に回った静馬の手が櫻子のうなじをなぞり、髪を背中に払う。硬い指先が肌に触れる感触に櫻子が身じろぎもできずにいると、今度は後頭部に手を差し入れられて額に口づけを受けた。

「ひゃっ」

思わず首をすくめ小さく声を漏らす。静馬が喉の奥だけで笑った。

「これ以上は許されないか？」

「静馬さま、何か良いことがございましたか……？　とても楽しそうです」

「それはもちろん」

赤くなった櫻子の目元に口づけながら、静馬は噛みしめるように呟いた。

「櫻子が自分の意志を持って行動しているのが嬉しいんだ」

「そう、ですか……？」

まだ温泉に浸かっているみたいに頭がくらくらして、櫻子の返事はおぼつかないものになった。けれど真摯な声音に何か返したいと思って、静馬に抱きかかえられたまま懸命に言葉を紡ぐ。

「ええっと、私には静馬さまの仰る意味がきちんとはわかりかねますが」

静馬は何も言わず、櫻子だけに視線を注いでいる。

「でも、私は今の私が嫌いではありません。そうなれたのは静馬さまのおかげで、だからずっとおそばにいたいのです。もし何か心配事があるなら、私にも分けてください、ね」

おそるおそる静馬の肩口に頭を預け、ぎゅ、と手を握り返す。触れたところから大暴れする心臓の音が伝わってしまうのではないかとひやひやする。

静馬が瞬時に息を詰め、それから深々と吐き出した。

「……これ以上僕を喜ばせてどうする」

「お喜びなら良かったです」

「櫻子にとってはあまり良くない」

静馬は櫻子の頭を抱え込むと、耳元で囁いた。

「だが、君が僕の妻で良かった」

どんな表情をしているのか、櫻子からは見えない。けれどその声は熱に掠れていて、耳朶《じだ》には吐息が触れて、櫻子の頬に一息に血が集まった。

(な、何かかなり大胆なことを言ってしまったのでは!?)

羞恥の限界が来て、櫻子は裏返った声で話題を戻した。

「あ、あのっ、目の色のことですがっ」

「ああ。確かに、瞳の色が違うというのは気になるな」

静馬もしごく真面目な調子で答える。抱え込まれた頭を解放されて見上げると、真剣な面持ちで思案を巡らせていた。

「あの金髪といい、緑色の目といい、至間國の民にはあり得ない。……まさか、外つ国の人間か？」

「外つ国の人々にも異能が発現するのですか？」

「通常はあり得ないな。異能は至間國民にしか発現しない」

「そうですよね……。う－ん、それでは、異能の暴走者たちに話を聞いたらどうでしょうか？」

「残念ながら、全員昏睡状態だ。医者によると、異能の負荷に耐えられず脳が自壊してしまったようだ。回復の目処は立っていない」

静馬は悔しげに片頬を歪めて、言葉を続ける。

「せっかく生かしたまま捕まえたというのに、死ぬよりむごい」

「そんな恐ろしいことが……」

櫻子はぞくりとして震えた。とっさに、空いている方の手をこめかみに当てる。頭蓋骨の固さを確かめ、その奥にある脳がきちんと稼働していることを思う。

その当たり前の事実が失われる恐怖。

「……何だかおかしなことばかりです。彼らが望んで異能を暴走させたわけでもなさそうですし、陰で糸を引いている人間がいるのでしょう？　なんてひどいことを」

「人間、か」

憤る櫻子に、静馬がぽつりと答えた。双眸を険しく細め、宙空を睨む。

「……こういう道理を踏み越えた行いができる存在には、心当たりがある」

「〈啓示〉ですか」

静馬の集中を乱さぬよう、櫻子はそっと答えた。

彼の鋭利な視線の先に、以前暗部の地下で対峙したという不気味な闇が映っているのをひしひしと感じる。

静馬は何も答えない。ただ櫻子の肩を強く抱き寄せ、雪の降る音に耳を澄ませていた。

第四章

翌朝、別邸から静馬を見送ったあと、櫻子は百済原家に向かった。

静馬としては櫻子には別邸でおとなしくしてもらいたいようだったが、櫻子は十分気をつけるからと固く約束して外出の権利を勝ち取った。

〈啓示〉が関わっている可能性がある以上、そして〝サガラ〟の娘が探されている以上、櫻子が出歩くのは危険だ。

しかしどうやら向こうは、櫻子の顔はわかっていないらしい。もとより櫻子には異能が効かない。ならば一人でいるよりも人混みに紛れた方が安全だ、と櫻子は言い張ったのだった。

（……我ながら、無茶を言っているわ）

懸命に主張したあとの、静馬の苦み走った顔が忘れられない。明らかに反対だという顔つきで実際に『賛成できない。安全な場所にいてほしい』と言われた。

でも、櫻子にはそうできない理由があった。

（〈啓示〉は初め、静馬さまを狙っていた）

とすれば、今後も静馬が〈啓示〉によって危機に陥ることは十分考えられる。

（今、静馬さまの庇護下《ひごか》にいたら……また〈啓示〉と対峙しなければならないとき、私は守らなければならないものとして見なされる）

櫻子は別に、武芸に秀でているわけでも博識というわけでもなく、どこにでもいる凡庸な人間に過ぎないけれど。

（でも、この無能が役に立つときもあるのではないかしら……。もしも静馬さまに危険が迫ったら、今度は私だってお役に立ちたい）

だから今、静馬に安穏と守られているわけにはいかなかったし、絶対に大丈夫だという証拠を見せなければならなかった。

そういうわけで、注意深く人通りの多い道を選んでたどり着いた先、百済原邸の正門の近くで櫻子は足を止めた。

「……あれは、沙羅さん？」

うつむきがちに数寄屋門をくぐって現れたのは沙羅だった。北風が吹き寄せ、人々は外套の衿《えり》を立てて行き過ぎるというのに、藍色のワンピース一枚で門前の道をとぼとぼと歩いていく。

こちらに気づいた様子もなく、櫻子に見せる背中は悄然《しょうぜん》としていた。足取りもどことなくふらついている。

「何かあったのかしら」

どう考えても様子がおかしい。櫻子の脳裏に嫌な記憶が蘇る。

三峰の〈洗脳〉の異能で、櫻子を忘れ去ってしまった屋敷の人々。あれは櫻子を捕らえるための罠《わな》だった。

これも同じように、櫻子を誘き寄せるための罠だとしたら――。

櫻子はちょっと考え、用心のため、はめていた手袋を外して袂《たもと》に落とした。これで、異能で襲われても抵抗できる確率が高くなるだろう。

そうして、沙羅を追いかけ始めた。

（罠かもしれない。でも、あんな沙羅さんを放っておけない……！）

空を見上げる。暗く濁った灰色の雲が重たく広がり、今にも雪が降りそうだ。吹く風は頬をこわばらせるほど冷たい。

こんな寒いところで、友達を一人にしたくなかった。

沙羅はすぐに大通りをそれ、百済原邸の裏手の森につながる小道に分け入っていく。

櫻子もいくらか距離を置いて沙羅の後ろをついていった。

森の小道は葉を落とした木々の間を縫うように伸びている。地面には雪がみっしりと積もり、人一人分くらいの幅だけ雪がかき分けられて道になっているのだった。

（……あれは？）

木立が開けた先、前方にきらめくものがあって櫻子は目を凝らした。

それは大きな池だった。楕円形《だえんけい》の外周を鬱蒼《うっそう》とした木々に囲まれており、縁には薄く氷が張っている。澄んだ水面が風に波立つたびに、そこに映った雲や梢《こずえ》の影が不気味に揺らいだ。

沙羅は池畔に立って、じっと水面を見つめている。まるでそちらから、誰かに招かれているとでもいうように。その後ろ姿にあまりに不吉なものを感じて櫻子はつい声をあげてしまった。

「――沙羅さんっ」

「気づいているわよ、櫻子さん」

名を呼び終える前に沙羅が振り返った。美しい顔には何の表情も浮かんでおらず、こちらを見据える目は充血している。大きな瞳に浮かぶ翳りが敵意なのか何なのか、櫻子には判断がつかなかった。

「……いつから、ですか」

櫻子はそっと問いかける。沙羅のどんな動きも見逃さないように、息を詰めて凝視する。

沙羅は酷薄に笑い、肩をすくめた。

「森に入ったところから。どうして追いかけてきてしまったのかしら。来なければ、何も知らずに済んだのに」

櫻子は唾を飲み込む。冷え切った指先を曲げ伸ばしして、何が起きても対応できるようにする。

「……沙羅さん、あなたは」

「そうよ。よくわかったわね。……私、兄と少し喧嘩して」

「え？　喧嘩？」

予想外の成り行きに、櫻子はぽかんと口を開けた。沙羅が訝しげに眉を寄せる。

「なんで櫻子さんがそんな深刻な顔してるのよ？　あ、もしかして私が畔にぼんやり立ってるからよからぬことを考えたんじゃないでしょうね。私はただ、頭を冷やそうとしてただけよ」

「え、あ、あの、そう……ですか」

まるでいつも通りの沙羅の様子に気が抜けて、櫻子は思わずその場にへたり込みそうになった。ますます沙羅が訝しむ顔をする。

「何よ、もう。変な子ね」

「い、いえ。良かったと思って……」

「良くはないわよ？」

「そ、そうですよね、すみません」

櫻子は足に力を入れて、雪をざくざくかき分けて沙羅のそばに歩み寄った。

「お兄様と喧嘩なんて、どうされたのですか。それにそんな恰好、寒いでしょう」

「ああ……気づかなかったわ」

沙羅の鼻の頭は赤くなり、頬には薄く涙の跡が残っている。櫻子は自分の外套を沙羅に着せかけた。

「ちょっと、櫻子さんが冷えるじゃないの」

「私は大丈夫ですから。それで、何があったのですか」

退くそぶりのない櫻子に、沙羅もしぶしぶ外套に袖を通した。少し丈が短くて袖から手首が見えているがないよりマシだろう、と櫻子は満足する。

外套の衿をかき合わせ、沙羅はぽつぽつと語り始めた。

「きっと些細すぎて笑うわよ。……亡くなった父の書斎を片づけてしまうかどうかって話。兄は片づけたがって、私は嫌がった。それだけ」

櫻子はぴくりとも笑えなかった。沙羅が彼女の父をどんなふうに想っているか、深い思いの一端を知っている。

「……亡くなって、まだ一ヶ月も経っていないのでしょう。片づけるのはもう少し待ってもいいのでは？」

「そうね。でも……ああ、上手く説明できないのだけれど、百済原家の当主には代々伝わる使命があって……父の死でそれが途絶えてしまったの。だから兄は焦っているみたい。自分が当主として認められないんじゃないかって。だからなるべく急いで、当主の形を整えたいのよ」

「そんな……だからといって、妹である沙羅さんの心を無視していいことにはなりません」

沙羅は目を伏せて、唇の端をわずかに釣り上げた。それが笑みなのだと一瞬わからないくらい悲しい笑顔だった。

「いいのよ。私もわかってる。いつまでも落ち込んでいるわけにはいかないの。早く前を向かないといけないのよ」

聞き分けのない子供を諭すように言って、首に吊るした銀の鍵をむしるように握りしめる。櫻子が止める間もなかった。沙羅は大きく振りかぶると、思い切り鍵を池に放り投げた。

「さ、沙羅さん!? なんてことを!」

鍵は綺麗な弧を描いて宙を飛んで、ちゃぽん、と水飛沫《みずしぶき》を上げて池に落ちた。乱れた波紋がいくつも浮かんで、やがて静まる。

「ど、どうして……」

「言ったでしょう、前を向かなくてはいけないって」

「だからってこんなやり方しなくても!」

櫻子は沙羅を振り仰いだ。

沙羅はきつく池を睨みつけている。その横顔は張り詰めていて、今にも張り裂けそうで、けれど微動だにしない。

二人の間を、びゅうと風が吹き抜ける。

櫻子は、そっと沙羅の右手を取った。指には相変わらず、固いタコがあった。

脳裏に浮かぶのは、沙羅のスケッチ。父を偲ぶ柔らかな顔。鍵をしまう手つきの優しさ。

——櫻子にはないもの。

「……いいのですか」

「いいのよ」

「本当に？」

「いいの！」

それがあんまり良くなさそうだったから、櫻子は決めた。

「では、沙羅さんは帰ってください。私は鍵を探します」

「……は？」

呆気に取られたように目を丸くする沙羅を置いて、櫻子は池に足を踏み入れた。

じゃぶん、と膝まで水に沈む。途端に氷水の冷たさが骨まで滲み入ってきて、思わず呻き声が漏れた。

寒いのではない。もはや痛い。

今すぐにでも上がりたい。足が氷の棒になったようで、瞬く間に感覚が失われていく。

しかし櫻子は歯を食いしばって、よたよたと鍵の落ちた方まで歩き出した。

「櫻子さん！　何してるのよ、早く戻って！」

「鍵の落ちたところはこの辺りでしょうか？」

櫻子は袖を捲《めく》り上げ、思い切って水中に手を突っ込んだ。血まで凍りつきそうな水温の中、こわばった指先を必死に動かして探る。指の間に水草がまとわりつくばかりで、鍵は見つからない。

岸辺で悲鳴じみた声があがる。

「櫻子さん！」

「すみません、要領が悪くて……」

「ああもう！」

ざぶん、ともう一度水飛沫があがった。沙羅が池に入ったのだ。

「寒い！　冷たい！」

「沙羅さん、何しているのですか！　早く帰ってください！」

「それはこっちのセリフよ！」

言い争いながら、沙羅が近づいてきて同じように鍵を探す。手を水面に付けた瞬間、

「ひゃあっ」と甲高い悲鳴があがった。

「こんなの見つからないわよ！　これじゃ櫻子さんまで風邪を引いてしまうわ。本当にもういいのよ！」

寒さを、そして未練を振り払うように沙羅が声を張りあげる。

腰を屈めて池中に手を彷徨わせながら、櫻子は頭を振った。

「いいわけないですよ。沙羅さんにとってお父さまは、大切なご家族なのでしょう？」

「……だとしても、父は死んだのよ。死者に囚われていたって仕方がないの。私は生きているんだから、未来を見ないと」

「――お別れはきちんとしないと、一生傷になりますよ」

櫻子の頭をよぎったのは、家族との別れの日の情景。櫻子はかつて、山奥の村へ放逐される家族を駅舎でひっそりと見送った。

きっと一人ではできなかった。けれど隣には静馬がいて、複雑な思いを抱える櫻子を支えてくれたのだ。

あのとき自分の傷と向き合って正しく家族と別れたからこそ、櫻子は一歩踏み出せたのだと思う。

池水の冷たさを忘れ去ったように沙羅が声もなく立ち尽くす。色の失せた唇を小刻みに震わせて、櫻子を凝然と見つめた。

櫻子は構わず、両手を水中に突っ込んで鍵を探し続ける。手に触れるのは、水草、落ち葉、わけのわからない魚。ややあって、指先に固いものがかすめた。その感覚を逃がさないよう必死に指に力を込め、櫻子は声をあげる。

「ありましたよ！　沙羅さん！」

池から引き抜いた手には、しっかりと鍵が握りしめられていた。よく磨かれて、失くさないよう鎖のついた、銀の鍵。櫻子は満面に笑顔を浮かべて沙羅の方を振り返る。

「見つかってよかった。もう大丈夫ですよ」

「……どうして」

こぼれた呻きは泣き声に似ていた。沙羅の冷え切った手に鍵を握らせ、櫻子は首をかしげる。

沙羅は抗わずに鍵を受け取り、胸元に押し頂くように両手で包み込んで深くうなだれた。

「櫻子さんには関係のないことなのに。どうしてここまでしてくれるの」

「……沙羅さんには、私の家族の話をしましたよね」

ため息をこぼすように櫻子は囁いた。

風が走り抜けて、池の面を波立たせる。濡れた着物が肌に張りついて体温を奪い、とんでもなく寒い。鍵を見つけた途端に緊張が解けて耐えられなくなってきた。

「正直なところ、私は沙羅さんの抱く思いがわかりません。家族に愛された記憶がないし、愛したこともないからです」

　かちかちと歯が鳴る。櫻子は沙羅の肩を抱えて岸へと向かった。

「だから正直にいえば、沙羅さんが羨ましい。出会ってからずっとそうでした」

　かたわらで沙羅が息を凝らす。きっと思いもよらないだろうと櫻子は苦笑する。

「沙羅さんみたいになれたらな、と憧れていたんです。私にはなれっこないのに」

「まあ私は美しいから、憧れるのも無理ないわ。そんなに罪悪感を持つことないのよ。それに、櫻子さんには櫻子さんの魅力があるじゃない」

　沙羅らしい不器用な慰めに、櫻子は噴き出した。

「そうかもしれません。とにかく、私は私以外になれない。でも、それを自分自身で良しとするかは別の話です」

　ようやく水際にたどり着く。ざぶりと池から上がり、汀《なぎさ》に櫻子と沙羅は向かい合った。

　沙羅は顔面蒼白で、いつも綺麗に整えられた髪もざんばらに乱れている。それでもなお、沙羅はとびきり美しい。

　けれどもう胸は痛まない。櫻子は櫻子のままでいいと言ってくれる人がいるから。

　震える沙羅を前にして、櫻子はふんわり微笑《わら》った。

「沙羅さんが鍵を投げ捨てたとき、こんなところは見たくないと思ったのです。私は家族愛を知らない。だからこそ、優しい気持ちとか思い出とか、そういう温かいものが捨てられるさまなんて見たくない、守れるなら守りたいって」

櫻子はまっすぐに沙羅を見つめ、きっぱりと断言した。

「私に関係ないことなんかじゃありません。すべて自分自身のためです。だから沙羅さんが気に病む必要はないのですよ。私が風邪を引いたって、それは自業自得というものですから。……くしゅんっ」

「ああっ、もう風邪を引きかけているじゃないの！　さっさと屋敷に戻ってお風呂に入るわよ！」

沙羅が我に返って、慌てふためいて櫻子の手を引っ張る。二人して小道をよろよろ歩きながら沙羅がぽつんと呟いた。

「……私、馬鹿だったわ。取り返しのつかないことをしでかすところだった。お父さまと、ちゃんとお別れしたい。ありがとう。大切なものを取り戻してくれて」

凍える肩を寄せ合う。櫻子は微笑んで「いいえ、大したことではありません」と優しく答えた。

「言いづらいのですが、私はその鍵を開けられるかもしれません」

「えーっ、何？」

「鍵を━っ、開けられるかもしれませんーっ」

大きな声で言い合うのは、髪を乾かすための熱風機を使っていて、轟音で会話が遮られるためだ。

百済原家に帰着したあと、櫻子と沙羅は大慌てで熱い湯に浸かり芯まで温まった。

そうして風呂から上がり、濡れた髪を乾かす段になって、熱風機は異能力がないと動かないため櫻子は沙羅に髪を乾かしてもらっていたのだった。

沙羅の自室、鏡台の前に座って櫻子は沙羅に頭を差し出す。温かな風がごうごうと髪から水気を飛ばしていった。ついでに沙羅愛用の舶来品の香油を塗ってもらったため、自分の髪から異国の花みたいな芳香が漂って、櫻子は夢心地だった。

カチリと熱風機のスイッチを切り、沙羅が櫻子の前に回り込む。

「本気で言っているの？　あれはただの鍵じゃないのよ。百済原家前当主が〈封印〉を施した金庫の鍵なのよ」

「承知しております」

櫻子は短く頷いた。どれほど強固な鎖錠だとしても、それが異能によって形作られたものである限り、櫻子の無能の前には意味をなさないだろう。

（沙羅さんが、少しでもお父さまとのお別れに向き合えたらいい）

だがやけに確信を持った櫻子の様子に、沙羅は胡乱《うろん》げな半目になる。

「どうして開けられるのよ？」

「……そのう、私は……とっても、鍵開けが、上手いので」

「……へえ」

「本当に、すごく、得意なのです。開けられないものはこの世にないくらいに」

「知らなかったわ。まあ、私の心も開けたものね？」

「ええと、それはわからないのですが……」

「わかってよ。で、どうやって開けるの？」

「その……」

（む、無理があったわ――！）

無を能う異能者だと明かせないとはいえ、言い訳が下手すぎる。どうしようかと焦りに汗を滲ませたとき。

沙羅が鍵を櫻子に手渡した。

「ふふっ。いいわ、詳しくは聞かない。何か理由があるんでしょう」

「沙羅さん……」

「何でも明かすばかりが友達ではないものね。私は櫻子さんの言葉を信じるわ。――今金庫を持ってくる。待ってて」

身軽に踵を返し、襖を開けて自室を出ていく。櫻子は手のひらに残った鍵の感触を確かめ、キッと眦を決した。失敗は許されない。

そうして沙羅が持ってきたのは、小ぶりな漆黒の箱だった。全体が蝋色《ろいろ》塗で、顔を近づけてみると磨き抜かれた黒漆が鏡のように反射し、真剣な表情の自分と目が合った。金庫というよりは、ただの手文庫に見える。

しかし蓋にはしっかりと鍵穴があって、異能で封じられているのなら下手な金庫よりもよっぽど信頼のおける手箱なのだろう。

沙羅は文机に金庫を置くと悪戯っぽく櫻子を見上げた。

「それで、私は背中を向けていた方がいいのかしら。変な呪文を唱えたりするの？」

「え、ええと、では、向こうを向いていていただけますか」

櫻子は壁を指差した。何事もなく異能を破るのを見られるのはまずい。

「はいはい」と笑って沙羅が背中を向ける。それを確認してから、櫻子は鍵を鍵穴に差し込んだ。

特別な手応えはなかった。櫻子の手の中で、鍵はかちんと音を立てて容易《たやす》く回った。

「……開きました。こちらを向いていただいて結構です」

「えっ、本当に？」

眉を跳ね上げて沙羅がくるりと振り返る。櫻子が少しばかり蓋を持ち上げてみせると、沙羅は「うそでしょう」と声を絞って両手で口元を覆った。

「……どうして」

「この中身を最初に見る権利は沙羅さんにあります。どうぞ」

端的に告げて、沙羅の方へ箱を差し向ける。沙羅は散々躊躇ったのち、ふうと長く息を吐き、手を震わせながら箱を開けた。櫻子もその背後から、ドキドキと様子を見守った。

まず目についたのは、一冊の本のようなものだった。

「……一体何かしら」

沙羅が小さく呟いて、それを箱から取り上げる。ぱらりと頁を開いた途端、悲鳴じみた声が漏れた。

「……これ、は」

櫻子も驚きの声をあげそうになり、ぱっと口を覆う。

それはスクラップブックだった。台紙に一枚一枚、几帳面《きちょうめん》に貼られているのは、紛れもない沙羅の絵だ。

家族団欒《だんらん》の様子を描いたもの、沙羅の父の横顔、人々の行き交う大通り、花びらの浮かぶ川面に映った沙羅自身。

きちんとした画用紙に描かれたものから、紙片にサッと描かれた素描まで。どれをとっても皺一つなく、丁寧に糊《のり》づけされている。その近くに書かれている日付は、沙羅が絵を描いた日だろうか。

このスクラップブックを作った人物がどれほど沙羅の絵を大切にしていたのか、ひしひしと伝わってくるようだった。

沙羅はわなわなと目を見開いたまま、スクラップブックをめくり続ける。頁を進めるごとに息が荒くなり、鋭い刃で刺されたかのような呻き声を漏らす。

やがて帳面を閉じる音が、やけに大きく部屋に響いた。

その残響が誰かの声であるかのように、沙羅は瞑目していた。

「……これは、私が昔、お父さまにあげたものなの」

しばらくして、沙羅がうっそりと目を開ける。

「幼い頃から、この家を出るまでの間に描いたもの。まさか、こんなふうに取ってあっただなんて」

誰に聞かせたいようでもなかったから、櫻子は黙って沙羅の隣に寄り添った。沙羅の周りには今にも千切れそうな鋭い糸が張り巡らされているようで、軽率に手を伸ばすことはできない。それでふと箱に目をやって、あっと息を呑む。

「あの、沙羅さん。箱には、ほかにも何か残っているようです」

沙羅は大きく息を吸って、不規則に乱れる呼気を鎮めようとしていた。櫻子の言葉に、スクラップブックをのろのろと座卓へ置き、もう一度箱の中を覗き込む。

「ああ……どうして」

箱の底から取り出されたのは、美しい包装紙で梱包《こんぽう》された包みだった。

沙羅がわななきながら、包装紙を丁寧に剥がす。その下から現れたのは——。

「画帳、と絵筆ですね」

櫻子は小さく言った。画帳は沙羅がいつも使っているもので見覚えがある。絵筆には一本一本律儀にリボンが結ばれている。包装紙の隙間から、はらりと何かが落ちた。すばやく沙羅が拾い上げる。小さなメッセージカードだ。何の変哲もない和紙の上、達筆な文字で、《沙羅へ　誕生日おめでとう》と——。

「……っ、なんで……お父さま……っ」

画帳と絵筆を抱きしめて、呟く背中が波打った。

沙羅の瞳から水滴がいくつも滴り落ち、文机に丸く水たまりを作る。乱れる呼吸が部屋の空気を震わせる。沙羅の食いしばった歯の隙間から、哀切とも嗚咽《おえつ》ともつかない苦しげな声がこぼれ落ちた。

しゃくり上げるのを堪えようとする沙羅の肩を、櫻子はそっと抱きしめる。見ていられなかった。すべての悲しみや苦しみを分かち合えなくても、友人が苦しんでいるのなら、すがっていいと伝えたかったのだ。

手のひらの下で、触れた肩がびくりと跳ねる。とうとう泣き声をあげ、沙羅が子供のようにしがみついてきた。

「お父さま……っ、わた、私は……っ」

堰《せき》を切ったように泣き崩れる沙羅の背中を、櫻子は無言で撫で続ける。このまま溶岩みたいにどろどろになって消えてしまうのではないかと心配になるほど、熱い体だった。

父から娘へ用意された、誕生日の贈り物。それは贈り主の死を超えて、確かにあるべき人の手に渡ったのだ。

沙羅の背を労《いたわ》しく撫でながら、櫻子は思い出す。沙羅の父親は、絵描きの道を反対していたという。彼女が右目を失ってからは、特に。

（……でも、こんな贈り物を残したのなら）

口では何と言おうとも、内心では沙羅の夢を応援していたのだろう。

娘を愛して、ずっと見ていたのなら、きっと。

雲が途切れたのか、障子窓から淡い陽光が斜めに差し込んでくる。その光に沙羅の涙がきらめいているのを、櫻子はそっと手巾で拭ってあげた。

しばらくそうしていると、沙羅の震えが収まってきた。

彼女はのっそりと顔を上げ、ものすごく低い声を絞り出す。

「……見たわね」

「み、見ました」

獄卒もかくやという迫力に、櫻子はぴゃっと震える。

「この私の無様な姿を見たというなら……」

「無様ではないですよ」

「責任を取ってもらうわよ」

沙羅は大きく鼻をすすると、櫻子から身を離した。ずっと胸に抱えていた画帳と絵筆を丁寧に文机に置き、ぐるんと振り向いて櫻子と正面から対峙する。

沙羅の目元は痛々しく真っ赤に腫れていた。けれどその瞳からは力強い光が放たれていて、消沈の気配はどこにもない。

沙羅は深く息を吸い込むと、びしりと櫻子を指差し宣言した。

「櫻子、あなたは永遠に、私の親友だから」

「いいのですか？」

櫻子の手の中で、手巾にぐしゃりと皺が寄る。友人だっていなかったのに、親友となると何をしていいのか見当もつかなかった。

沙羅は腕を組み、ふふんと笑ってみせた。

「そうよ。敬語だってやめて構わないんだから」

「それは……少し難しいと言いますか」

櫻子の骨の髄まで染み込んだ慣習だ。急に変えろと言われてできるものでもない。

うつむく櫻子に「そう？　なら無理は良くないわね」と沙羅は頷いた。

「じゃあ、さん付けなんてやめていいんだからね」

それならできそうだった。櫻子の胸のうちに、温かなものがこみ上げる。

「……はい。ありがとう、ございます。沙羅」

面映《おもは》ゆくて、櫻子は無意味に手巾をたたみ直す。誰かを呼び捨てにするのは人生で初めてだった。

箱の中には、もう何も入っていないようだった。

「この箱、いつもお父さまが手近に置いて、手文庫のように使っていたのだけれど。こんな品々が入っていただなんてね」

頬を愛らしく薔薇色《ばらいろ》に染めて、沙羅が箱の側面を撫でる。黒漆で仕上げられた表面は曇り一つなく輝いている。

だが、その言葉に櫻子は違和感を覚えた。

「いつも、手近に……？」

「そうよ。書斎に置いてね」

「へえ……」

櫻子はまじまじと箱を観察した。蝶番《ちょうつがい》に錆《さび》はなく、上蓋の縁はわずかに黒漆が剥げ、日常的に開け閉めしていた痕跡が残っている。

(沙羅さんの昔の絵と誕生日の贈り物をしまうだけなら、常に手元に置く必要はないのでは？　少なくとも誕生日は年に一度しかないのだから、そのときまで箱を開く機会はないはずだわ)

芽生えた疑念は、新たな可能性となって口をつく。

「……もしかして、ほかにも大切なものがしまわれている、ということはないでしょうか」

「えっ？　そうかしら。ごく普通の箱に見えるけれど……」

沙羅は眉を曇らせ、箱を持ち上げてみたり、ひっくり返してみたりする。櫻子も顔を近寄せ、一緒になって凝視した。もしもほかにも何かが残されているなら、沙羅にあますことなく手渡してあげたかった。

そして蓋を開けて再度中を覗き込んだとき、櫻子は気づいた。

「この箱、見かけより底が浅くありませんか？」

「そうなの？　私、遠近感がいまいち掴めていないわ」

ぼやく沙羅の手から櫻子は箱を受け取った。底板に手を伸ばし、慎重に指で探っていく。もしかするとどこかが異能で〈封印〉されているのかもしれない。だが櫻子の無能ならば破れるはずだ。

人差し指で底板を軽く叩いていくことしばし。かた、と小さな音が鳴って、底板が外れた。

「わっ、二重底になってる!? ……何、これ」

驚きの声をあげた沙羅が、隠し底に入っていたものを見て眉間に皺を寄せる。

それは和綴《わと》じの帳面だった。くすんだ藍色の表紙で、古びた和紙が束ねられている。故人の思い出に触れるのが憚《はばか》られ、櫻子は一歩下がる。沙羅はわずかに躊躇いを見せたものの、すぐに勢い良く帳面を取り上げるとぱらぱらと目を通し始めた。

その顔が、たちまちのうちに驚愕に染まっていく。

「……沙羅、どうしたのですか」

沙羅が一通り目を通し終えたところで、櫻子はそっと声をかけた。沙羅は帳面をパタリと閉じると、眉間を指で揉んで大きなため息をつく。

「これは、代々の百済原家当主の手記よ」

「えっ!?」

「百済原家に課せられた使命が何なのか……おおよそここに書かれていたわ」

沙羅の顔からは血の気が引いていた。しかし瞳にだけは強い光を宿したまま、

「軍務局とも連携しましょう。これは百済原家だけで抱えていていい事情じゃないわ。一緒に来て頂戴」

躊躇なく断じると、すっくと立ち上がる。沙羅の背中はまっすぐに伸びていて、あとを追う櫻子の目にも頼もしく映った。

百済原家の客間にて。座卓を囲んで、主要な面々が邂逅《かいこう》していた。

座卓の片側には、沙羅、沙羅の兄の晴良、櫻子。向かい側には、静馬、井上、鞍田が座る。

櫻子としては自分がここにいていいのか所在なく、促されるまま沙羅の隣に正座していた。

「百済原家の使命が判明したと聞いたが」

口火を切ったのは中央に座る静馬だった。対面に座す沙羅に鋭い視線を投げる。

沙羅は落ち着いた物腰で首肯し、先ほど見つけたばかりの帳面を差し出した。

「ええ、そう。百済原家は〈封部〉なの。――異能抹殺の鎮石《しずめいし》を〈封印〉する役割を担っているのよ」

「異能抹殺？」

「その名の通り、異能を抹殺してしまう石。異能の効力を消したり――異能者から異能を奪うこともできる、特別な力が込められた石」

「なっ……！」

一座がどよめく。櫻子も唖然と息を呑んで帳面に瞳を凝らした。古色を帯びた和紙の上、のたくるように書かれた墨の文字。それが不気味な異星の生き物に思えて、櫻子は背筋を震わせる。

「そんなものが存在すると外つ国に知られれば、異能によって独立を保つ至間國にとっては致命傷になりかねない。一体、誰が何のために鎮石を作り出し、そして百済原家に封じさせているんだ」

静馬が眉間に深い皺を刻む。沙羅が説明しようとしたところで、井上が割って入った。

「ま、待てよ静馬。本当にそんなものの存在を信じるのか？　俺はまだ正直、眉唾物というか……異能の効力を消すとか、異能を奪うとか、そんなことできるのか？」

井上が身を乗り出して、大きく両腕を振る。素朴な顔からは血の気が失われ、口元が引きつっていた。鞍田も晴良も同じく青い顔をして頷いている。

だが静馬は動じる様子もなかった。帳面の頁を繰り、すっと双眸を細める。

「ああ、僕は信じる。そういうことがあっても不思議ではない。異能がどれほど強大で手に負えず、理解を超えるか。僕自身がよくわかっている。お前たちにも覚えはないか？」

無表情でおもてを上げ、動揺する面々を一瞥《いちべつ》する。白銀の前髪を透かして紅緋の瞳が炯々《けいけい》と光っていた。

至間國最強と謳《うた》われる異能者の超然とした視線の圧に、誰もが口をつぐむ。目の前にいるのが、異能を失くすだとか異能を奪うだとか、そういうモノと比類する大いなる力の持ち主であると思い出したように。

そんな中、櫻子は黙して考え込んでいた。

打って変わって静馬が気遣わしげな目を向けてくるのを感じ、櫻子はかすかに顎を引く。きっと、彼も櫻子と同じことを考えている。

——鎮石は、櫻子の無能と似ている。

それが何を意味するのかは不明だが、無能が存在する以上、類似の力があってもおかしくはない。

一同はごくりと唾を飲み込むと、思い思いに言葉をこぼした。

「なるほどな。それにこの手記が偽物だとも思えないし、信憑性《しんぴょうせい》は高いか」

「異能を失くすって、めっちゃ怖くないですかー？」

「我が家が、そんな役割を……？」

戸惑う一座に向けて沙羅がぱんと手を叩き、皆の集中を取り戻した。

「当然、こんな恐ろしいものを守っているのには理由がある。鎮石は、至間國の建國当初、強力な〈封印〉の異能を持っていた百済原家の初代当主によって作られた。もう名前も残っていない彼《か》の人は、こう言い残してこの世を去ったの」

沙羅は言葉を切り、唇を舌で湿して続きを告げた。

「《いつか、異能が我々の敵になる日が来る。そのときのために鎮石を守り継ぐべし》とね」

水を打ったように客間は静まり返る。床の間に飾られた蝋梅が、淡い黄色の花びらを震わせた。

「……異能が、敵に」

思わずこぼした櫻子の独言に、反応する者はいなかった。だが各々の目線が過去を思い起こすようにさまよい、櫻子は皆同じ情景を眼裏に浮かべていると悟る。

異能の暴走事件。それこそ、異能が敵に回った端緒なのではないか？と。

「……それで、鎮石はどこに封じられているんだ。こうなった以上、百済原家には鎮石の所在とその安全を確保してもらわなくてはならない」

静馬の厳しい問いかけに、沙羅は首を横に振った。

「それが、手記には場所まで書かれていなかったの。百済原家が基本的に隠谷を離れないことを鑑みれば、隠谷のどこかにあるのだとは思うけれど。兄様、心当たりはある？」

急に話を振られた晴良は、夢から醒めたように忙しく瞬きをした。

「……いや、ないな。父上がよく訪れていた場所などが候補に挙がるか」

「それは私にはわからないから、兄様が一覧化して。候補地をしらみ潰しに探すしかなさそうね」

沙羅が指示すると、晴良が重苦しい息を吐き出した。

「そうだな。〈封印〉の異能を持った人間であれば、見ればわかるかもしれない。沙羅、お前も手伝えよ」

「当たり前でしょ。何を念押ししているのよ」

沙羅のあっさりした返事に、晴良は面食らったように目をぱちぱちさせた。

「何よ、その目は」

「いや、自分には関係がないとか言って、てっきり美大に戻るのかと」

「私を何だと思っているの。ちゃんとここで百済原家の務めを果たすわよ」

沙羅が不満そうに鼻を鳴らす。そんな妹をまじまじと見つめ、晴良はくしゃりと顔を歪ませた。

「ははっ、そうか。沙羅からそんな殊勝なセリフを聞く日が来るなんて思ってもみなかったよ」

「やだ兄様、泣いてるの？　笑ってるの？　どっち？」

「見るな馬鹿。あーくそ、妹の成長が著しいなあ」

ごしごしと袖で顔を拭き出した晴良の肘を、沙羅が引っ張る。

なんとなく和んだ場はそれで一旦散会となった。

鎮石の捜索は明日以降、本格的に始めることになり、今日のうちは百済原家の調査を行うと決まった。


「鎮石に関する詳細な記述はないな」

「そうですか……私の無能と何か関係があるのかと思ったのですが」

櫻子は、客間で静馬とともに手記を読んでいるところだった。

井上と鞍田は、ほかに手がかりが残っていないか屋敷を調べているためこの場にはいない。沙羅と晴良も別室で顔を突き合わせ、隠谷の地図を前に鎮石の封印場所を考えている最中だった。

座卓の上に置いた手記を、静馬が慎重な手つきでめくっていく。蚯蚓《みみず》ののたくったような古字を櫻子は読めないため、静馬が苦もなく読み進めるのを隣に正座しておとなしく待っていた。

「どうやらこの手記は、二代目の百済原家当主から書き始められたものらしい。最初の方に少しだけ鎮石の説明がある。曰《いわ》く、初代当主が命と引き換えに、その異能を込めたもの。強力な〈封印〉の効果を発するが、使用できるのは百済原の血を引く人間だけ」

「あくまでも〈封印〉の異能なのですね」

「そのようだ。だが今、沙羅たちが持っている力よりももっと強力なようだな」

静馬が文字の連なりの一箇所を指差す。櫻子には意味不明だが、つられて身を乗り出した。

「封じる対象が異様に広い。目に見えないもの――人の意識どころではない、時間さえ〈封印〉できたらしい」

「時間を……？」

「おそらくだが」

静馬は顔をしかめ、文字の上に何度か視線を往復させた。

「あらゆる出来事をなかったことにできるようだ。そういう出来事が起きた、という時間自体を閉じ込めてしまう」

「そんなことまで」

可能なのかと尋ねかけて、無能などという異能を持っている自分が投げていい問いではないと思い直す。無法さではいい勝負だ。

代わりに、少し気になったことを口にした。

「昔の方が、強力な異能がたくさんあったのでしょうか？」

櫻子は自分が異能を持っていないと思っていたため、至間國に住みながら異能に関する深い知識はほとんどない。

静馬がふむ、と顎に手をやる。

「学説によるな。世代を重ねるごとに異能は弱まっていく、とする一派もあれば、さまざまな異能が混ざることにより、より強い異能が生まれるとする一派もある。僕個人としては、世代を下るごとに異能は強くなっていると思うが」

「どうしてですか？」

「僕が異能病を発症しているからだ。すなわち、昔の方が強力な異能者がいたというなら、皆、異能病で死んで子孫など残せない。おそらく僕が最大値なのだろう。これ以上強力な異能者になろうとすると、体の方が先に病む」

「ああ、そう言われるとそうですね」

理屈に頷いたものの、死などと言われるとしょんぼりしてしまう。櫻子はそっと両手で静馬の手を包んだ。大丈夫だとはわかっているが、何となくそうしたかった。

静馬が愛おしげに微笑み、櫻子の手を握り返す。

「鎮石が異能を奪うというのは、初代当主の〈封印〉だけが為せる技だろうな。初めから、その人間には異能がなかったことにしているのだろう」

「そんな強力なものを、命と引き換えに作った……」

初代当主には、そこまでするほど強い危機感があったのか。

至間國の建國時に一体何があったというのだろう。

「百済原家が鎮石を守護することは、初代の御門も承認していたらしい。守護の任務と引き換えに、百済原家に便宜を図ったと。百済原家が今も栄えているのは、そのおかげだ」

静馬が片手だけでぱらぱらと手記をめくる。

「百済原家は〈封部〉として、鎮石を守護することを第一の任とする。他言無用。当代の御門にも、然るべき時が来るまで詳細は伝えない。……あとは鎮石の封印方法など、百済原家の当主向けの記述だな」

めくられる頁から、古い紙の匂いが舞い上がる。湿っぽい、独特の香りをどこか懐かしく思いながら櫻子は言った。

「こんな大切なお役目がわからなくなってしまうなんて、晴良さまも焦っておいでだったでしょうね」

「だろうな、今も鎮石の場所を突き止めるのに必死になっているに違いない。前当主の死によって揺らいだ百済原家を落ち着かせるためには、まず〈封部〉として役割を果たさなくてはならないからな」

　ふと思いついたことがあって、櫻子は「それなら」と呟いた。

「もしも鎮石を見つけたら、沙羅も家のために結婚しなくてもよくなるかもしれない……？」

「百済原家の内部の話だから確約はできないが、その可能性はあるな」

「そうなのですね……」

　櫻子はきゅっと口を引き結ぶ。何か自分にできることはないか、と思案を巡らせたとき、静馬が手記を閉じ、じっと櫻子の顔を窺った。

「この手記を見つけるまでに、沙羅と何かあったか？」

「え？」

「沙羅への呼び方が変わっているから。それに、朝と服装が変わっている。今着ているのは沙羅の服だろう」

　櫻子は自分の恰好に目を落とす。池に入ってずぶ濡れになった着物を洗い乾かす間、『私ので悪いけれど』と渡されたのは、撫子色のワンピースだった。沙羅が着れば蠱惑的なのだろうが、全体的に櫻子には大きく、腰を幅広のベルトで縛り、薄手の上着を羽織って『今はこれが流行りですが？』という顔をしている。

　けれどスカート丈だけは如何ともしがたく、中途半端な膝丈になってしまっていた。

普段はあまり足を晒さないので、妙に落ち着かない。

「ええと、困ったことは何もなかったのですが、ちょっと池に入って……」

「この真冬に？　そうだな、今は水浴びにはぴったりの季節だからな」

「仰る通りです。さっぱりしました」

真面目くさった櫻子の返事に、静馬が唇だけで笑った。

「僕は櫻子に甘いが、さすがにその言い訳は苦しい。許容できる限度を超えているな。詳しく話を聞かせてもらおうか。……それと、これを膝にかけておけ」

静馬が自分の上衣を櫻子の膝にふわりと被せる。櫻子はいたたまれなくなってうつむいた。先ほどから静馬が目を背けていたのには気づいていたが、見苦しかっただろうか。

「申し訳ありません……お目汚しを」

「そうではなく、櫻子が気にしているようだったから。それに、正直なところ僕にも目の毒だ」

「へっ」

「で、何があったんだ」

「えっ、あっ、そのですね……？」

混乱して舌がもつれたとき、軽やかな足音が廊下から聞こえてきて襖がぴしゃりと開かれた。

「櫻子、そろそろ休憩しましょ……あら、お邪魔だったかしら」

沙羅だった。その視線はつながれたままの櫻子と静馬の手に注がれている。

櫻子はぱっと赤くなって「いえっ、これは別に」と口ごもった。手を離すべきか迷ったが、一向に握る力は弱められない。結ばれたままの手に、冷や汗が滲んでしまいそうで焦った。

静馬はといえば泰然として座卓に頬肘をつき、戸口に立つ沙羅を睥睨《へいげい》する。

「邪魔だ、と言ったらどうするんだ」

「静馬の見解はわかったわ。でも公平を期して、意見は双方から聞かなくてはね。櫻子、私は邪魔？」

「ひえっ、その、今は少し天の助けかもしれません……」

「あらまあ。それじゃ邪魔してしまおうかしら。私は親友に肩入れするわよ」

大股に踏み入ってきて、櫻子の背後から抱きついてくる。肩に巻きつくしなやかな腕の感触に、櫻子はあわあわとなった。

静馬がわずかに苦笑を見せる。

「相当、仲良くなったらしいな？　冬の池に落ちるくらいに？」

「ああ、その話をしていたのね。いいじゃない、どうして櫻子はそんなこの世の終わりみたいな顔をしているのよ」

「そんな顔をしているつもりはありませんでしたが……」

櫻子は観念して、池での一幕を話して聞かせる。ときどき、沙羅が誇らしげに口を挟むのに無性に照れた。どうも沙羅は、櫻子がとんでもなく素晴らしいことをしたとでも思っているようだった。

静馬はふむふむと頷いて話を聞き、沙羅に同調するようにほのかに目元を和ませていたが、最終的には眉間に皺を寄せてため息をついた。

「無事で何よりだが、下手したら凍死していたぞ。話を聞くだけで肝が冷えた」

「それは大丈夫です。ちゃんとお風呂で温まりましたし」

「そうよ？　櫻子と私は一緒にお風呂にまで入った仲だもの。ね？」

沙羅が得意満面で櫻子のつむじを撫でる。

「……なるほど」

「髪も乾かしてあげたのよ。お揃いの香油も付けているし。女の友人同士だと、こういうこともできるわけ。ふふん、悔しいかしら？」

沙羅の煽《あお》りが止まらない。「……へえ？」と挑発的に見開かれた静馬の瞳が危険な光を帯びていて、櫻子はわたわたと沙羅の唇に人差し指を当てた。

客間の時間が止まる。異能的な意味でなく、気まずい空気が流れる的な意味で。

櫻子はもう完全にパニックに陥っていたが、ほとんど自棄になって思いついたことを口に出した。

「……あんまり、静馬さまを困らせるようなことをしては、だめ、ですよ？」

「櫻子は本当にもう……」

くっ、と肩を揺らし脱力したように沙羅が笑う。指先に吐息が触れるのがくすぐったかった。

「からかいすぎてごめんなさいね。櫻子に親しい友人ができて、静馬がどういう反応するのか見たくって」

「お前な」

「あー面白かった。静馬は絶対に〝友人〟にはなれないものねえ？」

「当たり前だろう。その立場で満足できるわけがない」

苦虫を噛み潰したような静馬を前に、沙羅はけらけらと笑い転げている。

その笑顔を見ていると櫻子の胸に決意が芽吹いた。

「沙羅、絶対に鎮石を見つけましょうね」

沙羅は目をぱちくりさせる。けれどすぐに嬉しそうに頬を緩めて、「もちろんよ。ありがとう」と櫻子の肩を抱きしめ直した。

――沙羅の行方がわからなくなったのは、翌朝のことだった。

第五章

「沙羅がいなくなったとは、どういうことなのですか⁉」

翌朝、百済原邸の客間にて。

櫻子は真っ青になって、同じく青ざめた晴良と対面していた。

「申し訳ない、俺にも状況が掴めていないんです。つまり櫻子さんも何もご存じないんですね？　軍務局の方々は何かご存じではないでしょうか？」

晴良は弱り果てた顔で、救いを求めるように櫻子の隣に座る静馬を見る。

客間には昨日と同じ面々が顔を突き合わせていた。ただ一人、沙羅だけがいない。

それだけで客間は全体的にくすんで見えた。

晴良の求めに、静馬が低い声で答える。

「我々も何も関知していない。一応確認するが、沙羅が自ら姿を消した可能性は？」

「あり得ない！　昨夜だって沙羅は鎮石の捜索に前向きで、一緒に候補地を考えていたんです。夜遅くなったので明日からまた頑張ろうと言って、お互い自分の部屋で眠って。それで今日の朝、起きてこないから変だと思って部屋に行ったら、そこはもぬけの殻で、書き置きさえなく……」

どんどん声がか細くなっていく。憔悴《しょうすい》しきって肩を落とす晴良に、井上が呟いた。

「沙羅さんが勝手にどこかへ消える状況ではないよな。……誘拐か」

「そんな！　だとしても、どうして妹が狙われるんです？　身代金の要求でもあればわかります。でもそんなものもないんです！　……もしかしたら事故に遭っているのかもしれない。あの子は右目が見えないんだ。やっぱり今からでも探しに行かないと」

今にも客間を飛び出しそうな晴良を押しとどめ、静馬が鞍田に顔を向けた。

「事は一刻を争う。鞍田、沙羅のあとを追えるか」

「お任せください」

鞍田が真剣な顔で頷く。すばやく立ち上がり、晴良に「沙羅さんの部屋を見せてもらえますか」と頼む。異能によって非常に鋭敏な嗅覚を持つ鞍田であれば、沙羅の匂いで居場所を突き止められるはずだ。

晴良の案内で向かった沙羅の私室は、争った形跡もなく綺麗なものだった。座卓の上にさまざまな書き込みをされた隠谷の地図が広げられている。その横には父から贈られた画帳と絵筆、それとスクラップブックが並べられていた。

誘拐されたのだ、と櫻子の確信が強まる。沙羅があれを置いていくわけがない。

部屋に一歩足を踏み入れるなり、鞍田が鋭く言った。

「幸いにも、臭跡が残っていますね」

爪先を転じて屋敷の奥へと向かう。板張りの廊下を抜けた先、屋敷の裏木戸で鞍田は立ち止まった。

「どうやら、ここから攫《さら》われたようです。ほかの人の匂いが入り混じって、犯人までは特定できません。足跡でも残っていればと思いましたが、さすがにそう上手くはいきませんね」

地面に積もった雪は踏み荒らされ、土と混ざって泥濘《ぬかるみ》を作っている。

静馬は鞍田の肩に手を置き、強く頷きかけた。

「いや、十分だ。追おう」

「この先はどうなるかわかりませんから、ちゃんと準備しておいた方がいいかと。というか、させてください。だいたいめちゃ強な異能でなんとかなる仁王路少佐と違ってこっちは凡人なので。井上先輩だって〈燃焼〉が雪で不発になったらお荷物ですし」

「事実なんだが言い方ってもんがあるだろ！」

「臭跡はまだ残っていますから、十分ほど時間をもらえませんか？」

鞍田の要望に、静馬は頷いた。

「いいだろう。五分だ」

「短かっ」

「俺は三分でもいいぞ？　後輩の鞍田には難しいかもしれないけどな！」

「は？　上等です、二分で済ませてみせますよ」

鞍田と井上は丁々発止のやり取りを続けながら屋敷の方へ駆け戻っていく。晴良も「お手伝いします！」とそのあとを追った。

裏木戸には、櫻子と静馬だけが取り残される。雪混じりの風が吹き抜けては二人の髪をなぶっていく。

一向に立ち去る気配のない櫻子に、静馬がわずかに眉根を寄せた。

「櫻子はついてくる気か」

「はい」

迷いなく首肯して、静馬を見上げる。その厳しい表情は、明らかについてきてほしくはなさそうだった。当然だ。櫻子こそお荷物になる可能性が高い。

だが櫻子にも退くつもりはなかった。

眼裏には、沙羅の部屋にあった画帳と絵筆とスクラップブックとが刻まれている。拐《かどわ》かしに遭って、どれほど心細い思いをしているだろう。冷たい風は肌を斬りつけるようで、指先から感覚を奪っていく。底冷えする隠谷の冬で、沙羅の近くに温もりはあるだろうか。

犯人の狙いだってわからない。沙羅がどんな目に遭っているのか、想像もつかない。とはいえ救出という面からいえば、相手が誰だろうと静馬ならばきっと大丈夫に決まっていた。どんな想定外の相手だって、容易く制してしまうに違いない。

そう頭では理解していても――想定外ではなく、規格外の存在が現れたら、と危惧が頭をもたげる。

そういうモノへの対処ならば櫻子が必要とされることもあるのでは、と気が急いた。

「沙羅が心配です。それに、私の無能がお役に立つこともあるかもしれません」

「櫻子に危険が及ぶ可能性がある以上、僕は反対だ」

静馬は反論を寄せつけぬように断じた。だがすぐに顔つきをあらためて、「そんなことは櫻子も承知の上だろう。ならば、ここで言い争っている時間はないな」と左手の薬指から結婚指輪を引き抜く。それを右手に握り込んだかと思うと、手巾で包んで櫻子に渡してきた。

「これは？　もしや……離縁、という意味でしょうか」

「違う。僕の異能で、その指輪の位置がわかるようにした。いいか、絶対に手放すな。そうすれば、何が起きても僕がすぐ助けに行く」

「わ、わかりました」

だとすると櫻子が直接触れてはまずいだろう、と慎重に懐にしまう。ひとまず同行が許されたのだと胸を撫で下ろした。

その様子を見守っていた静馬が、ぼそりと呟く。

「櫻子、その指輪は僕の大切なものだ。ともすれば、僕の命よりも」

「指輪よりは命の方を大切にしていただきたいのですが……」

「できない。だから櫻子は今、僕の命を握っているも同然だ」

「は、はい」

物騒な言葉に、懐に収めた指輪が急に重さを増したように感じる。とっさに着物の上から胸元を押さえた櫻子に、静馬が物々しく告げた。

「間違いなく、櫻子が僕に返せ。わかったな？」

「それはつまり……」

その言葉の意味を悟って、櫻子は瞠目する。静馬の発言はときどき難しくて、意味を取り違えてしまうことも多いけれど、今回はさすがにわかった。

紛れもなく、心配されている。

静馬は依然、厳しい顔で櫻子を凝視している。しかし緋色の瞳の奥底にはそれでも櫻子を引き留めたいという葛藤が滲んでいて、櫻子は胸を衝かれた。

いつも静馬は悠然としていて、櫻子にも余裕を持って接しているように見えたから、彼を苦しめるものはこの世に存在しないのだ、なんてときおり錯覚しそうになる。

そんなわけないのに。櫻子が静馬を大切に想うように、静馬もまた櫻子を大切にしてくれているのだとわかっているはずなのに。

──絶対にこの人のもとへ帰ってこなければならない。

萌《きざ》した決意は心に強く根を張って、櫻子の背筋を伸ばす。

（私にできることは少ないけれど、それくらいはやり遂げたい）

そう思ったとき、櫻子は静馬に贈りたいものを閃いた。

「……今、誕生日の贈り物を差し上げてもよろしいですか？」

静馬が怪訝そうに片眉を上げる。

「今か？」

「そ、そんな場合ではないとはわかっているのですが」

けれどたぶん、今をおいてはほかにない。櫻子は静馬を差し仰ぎ、静かに切り出した。

「私は〝約束〟を差し上げたいのです。──これから先、静馬さまの誕生日には、私が必ず静馬さまのおそばにおります。絶対に、どの年も欠けることなく」

厳しい顔をしていた静馬が、驚いたように目を見開いた。

自分の言葉に少しばかり照れくさくなった櫻子だが、決して視線をそらさずにまっすぐ静馬を見返す。

今の櫻子の手のひらには、色々なものが載せられているけれど。そのほとんどは静馬がくれたもので、だから櫻子にあげられるものなんて少しもなかった。

でもたぶん、櫻子の持っているものの中で一番価値があって、意味があって、何より櫻子が捧げたいのは未来への約束なのだ。

風が吹く。屋敷から聞こえてくる人々のさざめきが、裏木戸のそばに植えられた南天の葉擦れにかき消された。二人の頭上では、ただ赤い実だけが揺れている。

まるで世界に二人きりで残されたかのような静けさの中、静馬が櫻子を見据えたまま何も言わないので、ちょっと不安になってきた。

(……よく考えると、私が誕生日にそばにいたところで別に嬉しいものでもないかもしれないわ)

しかし撤回するわけにもいかない。ほかに渡せるものは何もない。目に力を込めて見つめていると、静馬が深々と嘆息し、それから柔らかな手つきで櫻子の頬に触れた。

「最高の贈り物だ。確かに受け取ろう。――返さないからな」

あまりに真に迫った声音に櫻子は思わず笑ってしまう。頬に感じる熱に顔を寄せ、しっかりと頷き返した。

「はい。返品されてしまったら、私も悲しいです。どうか、ずっと忘れないでくださいね」


鞍田が導いたのは、隠谷の西側にそびえる山だった。百済原邸からは離れており、雪の積もる山道を進んでも人の気配はない。

道の両側には杉の巨木が立ち並ぶ。遥か頭上で鬱蒼と茂った葉を透かし、淡い午前の陽光が差し込む様に櫻子は一瞬だけ見惚れた。

まっすぐ天に伸びていく杉の間を歩いていると、人ならぬもののための道を借りているような、厳かな気持ちにさせられる。

「この山の頂上には何があるのですか？」

「鎮守の社があるくらいですよ。と言ってもほとんど廃止状態で、今では訪れる人も少ないですが」

近くを歩く晴良が答えてくれる。雪道の上でも、その足取りに乱れは見られない。隠谷で過ごしているので慣れているのだろうか。櫻子も遅れまいと懸命についていく。

「あとは猟師の山小屋でしょうか。この山にはあんまり誰も寄りつきません。……沙羅がここに連れ込まれていても、誰も助けてくれません。しかもこの寒さで外に放置されていたら、凍死もあり得る」

「晴良さま……」

「こんなことになるなら、無理に結婚なんてさせようとするんじゃなかった。父の死に気弱になった俺のせいだ」

振り絞るように自分を責める晴良を、そんなことはないと櫻子が励まそうとしたとき、前方から声があがった。

「しっ、もうすぐです。あの山小屋から、沙羅さんの匂いがします」

先頭を行く鞍田だ。彼が指差す先には小さな掘立小屋があって、それを見た瞬間、晴良が駆け出そうとするのを静馬が押さえる。

「待て、僕たちが先に行って安全を確かめてくる」

静馬と井上が先行する。二人は小屋の周囲を歩き、窓から内部を窺っていたが、すぐに櫻子たちに向かって手招きした。今度こそ晴良が走り出す。

「沙羅！」

雪を蹴散らして晴良が小屋に飛び込む。櫻子もその背に続こうとして、入り口で立ちすくんだ。

粗末な床にはうつ伏せになった沙羅が転がっていた。着衣に乱れはなく、怪我をした様子もない。縄などで縛られてもいない。

しかし意識はないようで、固く閉ざされた瞼は蝋のように白くなっている。

「沙羅、しっかりしろ！」

晴良が沙羅を抱き起こし、必死に声をかけている。軽く頬を叩くと「うぅ……」とかすかな唸り声があがった。

「沙羅！　気づいたか！」

「兄様……」

沙羅がうっすらと目を開ける。いつも強い意志を宿している瞳には力がなく、焦点も合っていない。

「大丈夫か、痛いところはないか？」

「へ、いきよ……」

ひとまず返事をした沙羅に全員が胸を撫で下ろす。櫻子も安堵して、急いで沙羅に歩み寄った。

「沙羅、ご無事で良かったです」

沙羅がぼうとした眼差しを櫻子に向ける。途端、ぎょっと顔を引きつらせた。

「だめ、櫻子、あなたは……！」

何が、と聞き返す間もなかった。いつの間にか櫻子の後ろには人影が現れていて、振り向くと同時にガラスの割れるような音が小屋の中に響き渡る。

その音には聞き覚えがある。人影には見覚えがある。

――世界が動きを止める。

もはや常人を取り繕っている場合ではない。逃げようと足に力を込めたとき、薬っぽい匂いのする布を鼻と口に押しつけられて櫻子は意識を失った。

たゆたう意識の暗闇の中、透き通った笑い声を聞いた気がして櫻子は目を覚ました。

（……一体、何が……）

目は閉じたまま心の中で呟き、すぐに記憶が蘇る。沙羅を探して山小屋を訪れたこと。そこで止まった時間のことを。

（あれから、私は捕らえられてしまったのね……）

周囲の様子がわからないため、不用意に顔を動かすわけにはいかない。それでも心には苦い後悔が広がっていた。

（それに、皆様は大丈夫かしら）

離れ離れになってしまった静馬や沙羅の顔が思い浮かぶ。心配が胸をよぎり、不安ではち切れそうになったところで考えをあらためた。

静馬は強いし、軍務局の面々は頼りになるし、沙羅も晴良も強力な異能を持っている。思えばあの中で一番戦闘力が低いのは櫻子だ。もっとも、だからおめおめと襲われたとも言えるが。

（今は……静馬さまとの約束を守ることだけを考えよう）

嗅がされた薬の影響か頭がぐらぐらする。喉の奥には吐き気があって、手足には力が入らなかった。

それでもまずは現状を確認しよう、とごく薄く瞼を上げた。

すぐに行灯の明るい光が視界を埋めて、やがて周囲の様子が見えてくる。

神社の拝殿のような広間、その広々とした板の間の端っこの方に、櫻子は手首を縛られて寝転がされているのだった。

床板は磨き抜かれており、壁際に並ぶ朱色の円柱が映り込んでいる。奥には五段ほどの階段があって、その上に祭壇のようなものが祀《まつ》られていた。

その手前に数十人ほどの人間が車座に集まり、真ん中に立つ男が大げさな身振り手振りで何やら熱弁を振るっている。

男の姿には案の定見覚えがあって、櫻子は呻き声を押し殺した。

(萩野さま……どうして……?)

輪の中心に立つのは、間違いなく沙羅の幼馴染である萩野真浩だった。

「異能を至間國民だけが独占するのはおかしいと思いませんか！」

大音声の語りが聞こえてくる。真浩は何やら集団に向かって演説をしているらしかった。

「異能の如き特別な力は、多くの人が使ってこそです。至間國に留めておいて良いものではありません。至間國民ではない皆様にも、異能を与えましょう！」

語りの意味は判然としない。だが真浩を囲む人々の中に金髪や明るい茶髪の若者がいるのを見てとって、櫻子の背中に嫌な汗が浮かんだ。

目の前で燃えた、金髪男の炎の熱さが蘇る。

――まさか、萩野さまが。

櫻子は震えながら、自分の全身を確認した。着物を着替えさせられた様子はない。

指輪の固い感触が懐にあって心底安堵した。ここがどこだかわからないが、静馬なら必ず助けに来てくれるはずだ。

早く会いたい——と、櫻子は痛いほど強く願う。

真浩が怖いのか。あるいは一人囚われた心細さが身を苛むのか。

（……それもあるわ。だけど、それよりもっと強く）

さっきから、櫻子は視線を感じている。

真浩たちではない。もっと遥か遠く——天上なのか奈落の底なのか、とにかく櫻子たちの住む場所とはまったく異なる位相から——何かに観察されている。

こめかみに汗が伝い、肌が粟立《あわだ》つ。口の中がカラカラに乾いて、舌が上顎に張りつく。

それに見られていることに気づいてはならない——なのに、気づいてしまった。そんな不気味さが櫻子を激しく脅かした。

櫻子の怯《おび》えに関係なく、真浩の長広舌《ちょうこうぜつ》は続いていく。

「私の研究により、この地には異能を消し去ってしまうという恐ろしい古代遺物が存在すると判明しました。百済原家はそれを鎮石などと呼び、代々の当主が封じて守護してきました。ですが皆さん、そんなことが許されますか？」

真浩の呼びかけに呼応して「許すな」と声があがる。百済原家を襲え、などと物騒な意見も飛び出す。

真浩はにこやかに声を受け止めていたが、鷹揚に頭を縦に振った。

「ご賛同いただきありがとう。もちろん、許せませんよね。そう考えるのは我々だけではない。何という奇跡でしょう、我々は千載一遇の機に立ち会った」

言いながら、何かを迎えるように両手を上げる。真浩の動きに応じ空間がぐらりと大きく揺らいだ。

地鳴りかと身構えて、すぐに違うと気づく。空気を震わせるのは笑い声だった。男か女かもわからない。櫻子が微睡の中で聞いたのと同じ、どこまでも透き通った笑声だった。

集まった人々が——真浩でさえも——一斉に首を垂れる。尊き貴人の降臨を待つように。

「〈啓示〉様だ」と囁く声がした。

櫻子は息を呑む。その間にも壁際に並んだ行灯の炎が激しく悶《もだ》える。

次の瞬間には明かりが一斉に消え、窓もない広間は暗闇の中に落ち込んだ。櫻子は必死に悲鳴を噛み殺す。

伸ばした指の先さえ見えぬ闇の中、声だけが無邪気に響き渡った。

「鎮石がやっと見つかったと聞いたよ。むかしむかし、わたしを恐れた人間がそんなものを作ってずっと残していたのだね」

笑い混じりの声が鼓膜を震わせる。姿は見えない。居場所さえはきとしない。天の上にいる気もするし、耳元で囁かれている気もする。

相手の得体の知れなさに、櫻子の額から冷や汗が流れてぽたりと床板に落ちた。

それが現れた瞬間、明らかに闇の濃さが増した。粘ついて、肺腑《はいふ》の底まで染み込んでくる。上手く息が吸えない。

そのじっとりとした重さに圧されたように、広間にいる誰一人として身動《みじろ》ぎせず、瞬きすら遠慮して空気は張り詰めている。

しかし怯える人間たちに反して声の主はどこまでも朗らかだった。

「鎮石なんて、そんな恐ろしいものは壊してしまおう」

命ずる声音には、どこか少女めいたあどけなさが含まれている。

（これが、〈啓示〉……）

櫻子が対峙するのは初めてだ。だが間違いなく本物だと確信できた。こんな恐ろしい存在がほかにあるはずもない。

「代わりに、みんなには力を与えてあげる。そうだね、まずは鎮石を見つけてくれたご褒美に、一人だけ」

大柄な男が一人立ち上がるのが、闇に慣れ始めた櫻子の瞳に映った。ふらふらして何とも危ない動きだった。「何だこの暗さは、何も見えない……」と呟く声が悲壮感たっぷりに響く。

男の言葉に櫻子はハッとする。脳裏には、以前静馬が閉じ込められたという妖しい暗闇の話がよぎった。

もしかすると、櫻子が見ているものとほかの人間が見ているものは違うのかもしれない。櫻子にはただの闇と見えているものも、ほかの皆にとっては異能によって作られた恐ろしい昏冥《こんめい》なのかもしれない。

ならば櫻子であれば、〈啓示〉の姿を目視することが可能なのでは？

広間には一筋の光さえ差さず、四囲は深い闇に呑まれている。それでも櫻子は懸命に目を凝らした。

さらり、と衣擦れの音が耳をかする。かと思うと、怯える男の前に――煙のように人影が姿を現した。

闇にぼやける輪郭は華奢《きゃしゃ》で、背も高くはなく、顔立ちは判別できない。

けれど。

（……どこかで、見たことのあるような、娘――？）

人影は、その体を打掛に包んでいる、ように見える。だからか、少なくとも女の形をしていると思えた。

櫻子の視線に気づいているのかいないのか。その影はしばし床の上に佇んでいた。

その間に、ぼやけていた輪郭がくっきりと明確になっていく気がする。

やがて人影は腕を持ち上げると、指先を男の額に押し当てた。

「はいどうぞ」

「ぐぅっ」

男は胸を掻きむしり、苦しみ悶え始めた。しかし人影は一顧だにせず、軽やかな笑い声だけを残して消え失せてしまう。

人々がどよめく中、だんだんと苦しげな声は収まり、やがて男は自らの手を見つめ震える声で言った。

「これが……異能……!?」

人の輪がざわめく。

浮き立つ人々を尻目に、また声だけの存在になった〈啓示〉は晴れやかに告げた。

「至間國で育っていないあなたたちが、わたしの力を持つのは嬉しいよ。どれだけ保つかわからないけれど、力に耐えられなくて壊れても、どれかが残ればいいものね？」

まるきりこちらを人間扱いしていない口ぶりに櫻子は慄き、そして理解する。あの異能の暴走事件は、やはり〈啓示〉が関わっていたのだと。

真浩の演説と今の光景を合わせて考えれば、答えは一つ。

本来であれば異能を持てない外つ国の人間に〈啓示〉が異能を与えた。しかし、外つ国の人々の体は負荷に耐えきれず、異能が暴走してしまったのだと。

真浩と〈啓示〉の、どちらが主導したのかはわからない。

〈啓示〉が真浩を利用しているのか、もしくはその逆なのか。あるいは共犯関係なのか。もしあんなモノと共犯関係が成立するとして、だが。

忙しく考えていると、真浩の足元に置かれた燭台《しょくだい》にふっと火の灯ったのが見えた。先ほどの男が手を使わずに燐寸《マッチ》を使って点火したのだ。どうやら念動力を与えられたらしい。

地面から照らされながら、真浩は大仰に礼をしてみせる。彼の顔は緊張にこわばっていたが、口元には誇らしげな色が滲んでいた。

「〈啓示〉様のご意思のままに。鎮石はすぐに破壊しましょう」

そう言って祭壇を示す。そこに供物のように捧げられているものに櫻子は見入った。

白木の台座の上に、水晶玉のようなものが乗せられている。手のひらに収まるくらいの大きさで、特に飾り気があるわけでもない。

けれど乏しい明かりの中だというのに、やけにきらきらと輝いていた。雪解け水のように曇りなく澄んだきらめきを放っていて目を離せない。あれが鎮石なのだろう、と確信を抱かせる眩さだった。

はしゃいだような笑い声が広間に反響する。

「ありがとう。それを壊せば、わたしはあなたたちにもっともっと力をあげる。早くして？　ああでも」

その瞬間、櫻子に向けられる視線の圧が段違いに強まって、耐えきれずに呻き声を漏らしてしまった。

弾んでいたはずの声が反転し、すべての温度を失う。

「その前に、もっと邪魔なものを壊してほしい。そこにいる、無能の娘。あれはとっても邪魔なの。捕まえるだけじゃだめ。早く殺して」

〈啓示〉に導かれ、人々の注目が一斉に櫻子に集まる。肌に突き刺さるような視線を一身に浴びては、もうなりふり構っていられなかった。櫻子は恐怖を押し込めて、頭痛を堪えながら上半身を起こし彼らに相対した。

蒼白になった櫻子を直視して真浩が呟く。

「〈啓示〉様の言う無能の娘がお前だとわかるのに時間がかかった。何せ苗字しか情報がなかったからな。こんな近くにいるとは予想外だったが、沙羅を餌にできて助かったよ」

「何てことを……」

沙羅の誘拐の理由はそれだったのかと腑に落ちる。うかうかと罠にかかった自分が憎らしい。何より沙羅を危険に晒した真浩も信じられない。

燭台を手にした真浩が近づいてくる。集団から二、三人の男が立ち上がって、真浩のあとに続いた。彼らの手にあるものに目を留め、櫻子はぞくりと総毛立つ。――斧《おの》だ。

櫻子はなんとか手首の縛《いまし》めを解こうともがき、真浩に向かって叫んだ。

「なぜこんなことを！　沙羅に何と説明するのですか。もしや沙羅への求婚も、彼女を利用するつもりだったと!?」

脳裏に蘇るのは、沙羅へ求婚した真浩の真摯な面差し。あれは本物だった、演技なんかではなかったと思いたい。

真浩の頬がぴくりと引きつる。眼鏡の奥で真っ黒な瞳が神経質に歪む。

男たちがこちらを取り囲むように位置どり、真浩は櫻子の目の前に立った。

「沙羅だって、ぼくの真意の崇高さを知れば認めてくれるはずだ」

地を這うような声色で言う。眼は狂気走った光でぎらつき、かつて沙羅に愛を告げた純朴な青年の面影はもうどこにもなかった。

「今の至間國は、異能の力で独立を保っているせいで、異能の強弱が重視されすぎている。そんなのはおかしいと思わないか？　人間の価値と異能の強さには何の関係もない。異能が弱かったりなかったりしたって、それが見下されていい理由にはならないんだ」

「それは……そのような一面はあるかもしれませんが……」

真浩の狂気の瞳と、妙に理屈の通った言い分にたじろぐ。自分を殺そうと——他人を害そうとしている点で彼にはまったく賛同できないが、一理あるのは確かだった。

櫻子の答えに真浩は満足そうにニヤリと笑った。

「お前の経歴からすれば理解も容易いだろう。ならばこう思考を進めるのはどうだ？至間國の外の人間にも異能を与えられたら、すべてを変えられる、と。異能の特別性は失われ、その強弱に依存した価値観は崩壊する。誰もが生きやすい世界になるはずだ。ぼくはずっとそう考えて研究を進めていた」

そうだろうか、と櫻子はわずかに眉をひそめる。誰もが異能を持つ世界はそこまで幸せだろうか。異能一つですべてを変えられるなんて、夢物語みたいなことがあり得るだろうか。

（そもそも、この方が変えたいものとは本当は何なのかしら）

真浩は陶然と目を細め、天井を仰いだ。

「そんなぼくが〈啓示〉様と出会えたのは運命だろう」

口ぶりは熱病に侵されたよう。

「異能を全世界に広める。誰もが異能を持てるようにする。そうすれば異能の強さなんて関係がなくなる。互いの持つ異能が抑止力となり、争いは減り、皆が他人を尊重するようになる。そんな素晴らしい世界が生まれる。ぼくは偉大な創造主として、皆から感謝されるだろう。……そうすれば、彼女も」

最後に付け加えた声は震えていて、だからこそ、そのあとに続く一言を櫻子は理解できる気がした。

そうだとすればなおのこと、反駁しなければならない。

――櫻子の抱く沙羅との友情のために。

「そんなもの、あなたのわがままです」

背を壁にこすりつけて立ち上がる。それだけの動作で息が切れる。目が回って、燭台のほのかな明るさを受けてさえ眼球が刺すように痛んだ。

異能を持った人間が、「無能」にどれほど残酷に振る舞えるか。櫻子は人生と自尊心を引き換えに学んだ。

真浩の語る通り、誰もが異能を持てれば櫻子のような存在はいなくなる。少なくともその点だけは道理だろう。

だから何だというのか。

「世界中の人々が異能を持ったとしても、どんな異能が誰に発現するかはわかりません。あなたは結局、新たな諍《いさか》いの火種をばら撒《ま》くだけです。互いが異能を持っていたって、自分と異なる存在に無条件に優しくなんてできません」

櫻子が虐げられていたのは、異能を持たない無力な存在だったからか？　少なくとも家族はそう言っていた。無能の役立たずだから、と櫻子を嗤《わら》った。

（でもそれは、後付けの理屈だわ）

家族が自分たちの振る舞いを正当化する言い訳であって、本質的な理由ではない。

そうでなければ、ともに働いていた使用人たちからも避けられていた説明がつかない。

（だから、私があれほど孤独だったのは）

異能が当たり前に使えるはずの至間國にあって、「無能」の櫻子は皆とは明らかに違う存在だから。それが際立って不気味で、不吉で、誰も目に入れたくなかったのだ。

だからこそ櫻子は優位性を誇示したい家族からは暴力を受けたし、使用人たちからは無視された。

断絶はいつだって人の心から作り出される。全員が異能を持つようになったって、今度はその種類の違いが目について、適当な言い訳をこしらえて新しい溝が生み出されるだけだろう。

「何より、異能に耐えられない人がいるにもかかわらず無理やり異能を与えるなんて、どんな理由があってもやっていいことではありません！」

至間國で一番強い異能の力を持っていて、ゆえに孤独だった人を知っている。

櫻子を無能と認識しても、親友になってくれる人を知っている。

異能があろうがなかろうが、誰かを害する権利なんて誰にもない。それだけの話だ。

真浩は薄ら笑いを浮かべた。燭台の火影が揺らめいて、彼の顔に不気味な陰影を投げかける。

「残念だよ、お前はぼくの素晴らしさに賛同できる側の人間だと思っていたのに。仁王路櫻子、お前には異能がないんだろう。それでひどい目にも遭ってきたようだ。今だって、口さがない連中もいるだろう？　仁王路静馬のそばにい続けるために異能が欲しいと思わないのか？」

櫻子は即答した。

「思いません」

櫻子には〈無能〉という異能がある。だが、言いたいのはそんなちっぽけなことではない。

「私は今さら、私以外の何かになりたいとは思いません」

櫻子はまっすぐ真浩を睨み、歯を食いしばった。言葉にすると背骨に芯が通るようだった。

櫻子は櫻子のまま、自分の人生を歩いていく。それでいいと教えてくれたのは静馬で、ならば彼のそばにいるのにほかに必要なものがあるはずなかった。

櫻子は櫻子のまま、生まれて初めて親友もできたのだし。

だったらきっと、この先も素敵なものと出会えるだろう。

死の淵に立っているとわかっていても、これ以外の答えは返せなかった。

真浩の口元に憫笑《びんしょう》が滲む。両目には哀れみと侮蔑の色があらわになっていた。

「馬鹿な女だな。無能が無能でいたって意味はないというのに。そうだな、何もできないのなら〈啓示〉様のご意思に従うのが、お前に認められた唯一の価値だ」

櫻子を取り囲む男たちが斧を振り上げ、暗闇の中、燭台の灯りに刃がぬらりと光った。櫻子はもう悲鳴も出せず、ただ左右に視線を走らせる。諦めるわけにはいかなかった。だって約束したのだ。指輪を必ず返すと。

初撃を避けたのは奇跡だった。勘で右側に飛びすさって死の一撃から逃れた。男の振り下ろした斧の刃先が壁にめり込み、ぱらぱらと木屑《きくず》が散る。

「この女、ちょこまかと……っ！」

大柄な男が苛立ち紛れに声を荒らげ、逃げようとする櫻子の肩を掴んで引き倒す。骨の軋むほどの力で押さえつけられて、どれほど足をばたつかせても逃げ場はなかった。

「離してください！　嫌！　やめて！」

「喜べよ、お前はここで〈啓示〉様の贄《にえ》となるんだ」

頭の芯が痺れて、手足の先から心臓にかけて急速に血が凍りついていく。胸元の指輪の感覚が瞬きのうちに遠ざかっていくような気がした。

(さよならも言えないなんて——)

走馬灯なんて流れない。見開いたままの目にはよく磨かれた床板が広がるだけ。そこに斧を振り下ろさんとする男の影が映り込むのを、櫻子は凝視していた。

——だが、一向に破滅の時は訪れない。

「ぐわぁっ」

苦悶の声は、大柄な男の口からこぼれた。

男の手から斧が落ちる。鈍い音を立てて床に転がる斧を目にして、櫻子は唖然と瞬いた。

次の瞬間、ぐわんと建物が揺れた。建屋全体が大きな手で振り動かされたように揺さぶられる。

——異能の暴走だ。

壁際に並ぶ円柱が身悶えするように軋み、床板の一部が捲れ上がる。天井から梁《はり》の一部が落下して、すさまじい音とともに塵《ちり》を巻き上げる。

さっきまで櫻子を殺そうとしていた男が、頭を抱えて苦悶の声を垂れ流していた。

体内で暴れる異能に耐え切れないのか、目と鼻から真っ赤な血を流し、意味のわからない叫び声をあげ続ける。

人々は悲鳴をあげて逃げようとするが、揺れのあまりの大きさに立ち上がることさえできない。真浩はかろうじて壁に取りすがり、「〈啓示〉様！　どうかご加護を！」と叫んでいた。

〈啓示〉の返事はない。

櫻子は揺れに逆らえぬまま壁際に転がっていった。ここに安全な場所などどこにもない。その上、手首を縛られた状態ではいよいよどうしようもない。

せめて手首さえ自由になればとごそごそしていたとき、そばの柱が不吉に軋んだ。

ハッと目を上げる。柱の表面にひびが入ったかと思うと、真ん中からバキリと折れた。

そのまま櫻子目がけて倒れてくる。

倒れてくるさまは、いやにゆっくりと視界を流れた。柱の木目さえくっきりと見える。すべての音が遠のいて、激しい耳鳴りが櫻子を襲う。

これは避けられない、と目を閉じて歯を食いしばったとき。

「――櫻子、伏せろ！」

慕わしい声とともに頭上で何かが弾ける音がした。柱の直撃はやってこない。代わりに、粉々になった木片が辺りに飛び散る。けれど櫻子には木屑一つさえ当たらなかった。

広間の扉が破られて光が差し込む。

四角く切り取られた光の中、恋しい影を見つけて、櫻子は泣きそうになった。

「静馬さま……っ、よかった……」

静馬は真っ先に櫻子に目を留めると、ひとまずの無事に顔つきを緩めた。それからすぐに軍務局少佐の顔を取り戻し、広間をぐるりと見渡す。異能の暴走の原因である男を彼が一瞥すると、何かの異能を用いたのだろう、男は昏倒して揺れが止まった。

それでも辺りは阿鼻叫喚《あびきょうかん》だった。

床に散らばる木材と漆喰《しっくい》の破片。耳をつんざく悲鳴と怒号。人々は扉から逃げ出そうと我先に出口へと殺到する。

静馬が櫻子のもとへ駆け寄ろうとして、逃げ惑う人々に阻まれた。その後ろから沙羅が姿を現して室内の惨状に目を覆う。

櫻子の近くで大きな舌打ちの音が聞こえた。

「くそっ！　仁王路静馬め……それになんで沙羅が！」

真浩だった。顔をぐちゃぐちゃに歪めて静馬と沙羅を睨んでいる。その横顔からは先ほどまでの狂信者じみたぎらつきが消え、もっと身近な感情の奔流に襲われているようだった。

たとえば――嫉妬とか。

「もういい……ぼくは逃げる」

真浩が壁に手をつき立ち上がる。けれどそのとき、またもや声が降り落ちてきた。

「萩野真浩。早く無能の娘を殺して。それに鎮石はどうなったの」

こちらの大惨事など歯牙にもかけない様子で無邪気に問うてくる。真浩は肩をこわばらせ、哀れっぽく訴えてみせた。

「〈啓示〉様。御身のご意思は十分理解しております。しかし、今の状況では難しく……」

「お前の意見など聞いていない」

子供のような無邪気さから一転して、〈啓示〉は超越者の威厳でもって冷然と言い放った。真浩がひっと悲鳴をあげ、その場に跪《ひざまず》く。

「早く殺して。早く壊して。わたしのお願いはそれだけ。何も難しくないでしょう。できないなら、あなたを殺してあげようか。命と引き換えにすると、あなたたちはよく動くから。ね？」

どうやら今の声は櫻子と真浩にしか聞こえていないようで、ほかの人々は変わらず大騒ぎしている。こちらを虫とすら思っていないような〈啓示〉の非情さに、櫻子はまた戦慄した。

真浩は息を呑み込み、深々とこうべを垂れる。

「ぎょ、御意」

そうしてぐるりと振り向いた。床に転がる櫻子を見、かたわらに落ちていた斧を手に取った。

異能が発動し、広間の時が止まる。

真浩がゆっくりと近づいてくる。持ち上げる気力もないらしく、ずるり、ずるりと斧の刃先が床をこする。

櫻子は息を殺し、機を窺っていた。

櫻子に異能が効かないことはまだバレていない。それなら、攻撃されるほんの一瞬の隙をついて反撃すれば——異能が解除されるかもしれない。

頭突きでも蹴りつけるのでも構わない。とにかく真浩を怯《ひる》ませられれば。

確証はない。でもやるしかない。やれるはずだ。

(静馬さまも来てくださったのだから、大丈夫。私は絶対に指輪をお返しするわ)

斧の刃先が床を削る音がやむ。櫻子のすぐそばで真浩が足を止め、そのままじっと立ち尽くしている。

何をしているのか、と櫻子の背中に汗が流れた。こっそりと視線だけで真浩を垣間見る。顔には振り乱れた髪が覆い被さっているのでわからないだろう。

立ち尽くす真浩は、沙羅を見つめていた。

「……なんで……っ、ぼくじゃないんだ……っ」

血の気の失せた唇から絶望にまみれた呻きが漏れたかと思うと、真浩は勢い良く斧を放り投げた。

あの特徴的な音が鳴って、広間の時間が再び流れ出した。

「おい！　仁王路静馬、沙羅、道を開けろ。逆らえばこの女がどうなるかわかってるだろうな！」

真浩が叫ぶ。気づけば櫻子は乱暴に体を引き起こされ、真浩に人質に取られていた。どこから取り出したのか、首筋にはナイフを突きつけられている。ひんやりした刃が肌に食い込んで痛みが走った。

だがそれよりも、櫻子の頭は戸惑いでいっぱいだった。

（な……なぜ私をすぐに殺してしまわないの⁉）

あの時間の止まった空間で櫻子を殺し、逃げ延びてしまえば真浩の勝利は確定していたのに。だからこそ、櫻子の起死回生の策が成り立っていたというのに。

この先どう動くべきか――櫻子の額に脂汗が滲む。

人質は生存してこそ価値を発揮する。ゆえに真浩が櫻子をすぐに殺すことはないだろう。だが、いつ自棄を起こしてナイフが滑るかわからない。そうなれば櫻子は反撃の機会も与えられず、むざむざ刺し貫かれるだけだ。

一度意識すると恐怖が足元から這い上ってきて、肺が押し潰されたように息苦しくなる。

真浩は櫻子を引きずるようにし、じりじりと祭壇の方へ近づいていく。祭壇は倒れてしまい、樒《しきみ》の花やら幣《ぬさ》やらが散らばるのに混じって鎮石が転がっていた。

「櫻子を離せ。萩野真浩、お前の行いはおおよそ把握している。簡単に逃げられるものではないし、人質を取った以上は無傷で済ませるつもりもないぞ」

静馬が近づいてきて冷酷に告げた。その後ろで、信じられないというふうに目元をひくつかせた沙羅が、それでも揺るぎのない響きで話を引き取る。

「真浩、私を攫ったやつらがペラペラ話していたのよ。私が薬で眠っていると油断していたんでしょうけど。櫻子さんを狙っていることも、異能の暴走事件にあなたが関わっていることも、〈啓示〉とやらのことも、すべて聞いたわ」

ぐ、と櫻子に突きつけられるナイフに力が入る。皮膚が裂ける鋭い痛みとともに生温い液体が首元を流れ伝う感覚があった。

静馬が目を眇め、何かの異能を発動させようとするように指を動かす。

だがそれより早く真浩が口を開いた。

「……沙羅、お前は今でも仁王路静馬のそばにいるんだな」

「どういう意味よ。櫻子は私の親友で、静馬の大切な奥方。一緒に助けに来るのは当たり前でしょう」

沙羅の顔には当惑が滲み、静馬も不可解そうに眉根を寄せる。

しかし、沙羅の返事ももはや耳をすり抜けたかのように、熱っぽい口吻《こうふん》で真浩は語った。

「いつでもそうだった。沙羅の目にぼくは映らない。沙羅はぼくに目もくれず、その男ばかり見ている。どうしてだ？　ぼくが軍の試験に落ちたからか？　異能が一番強くないからか？」

いつの間にかほとんどの人々は出口から逃げ去り、周りには誰もいなくなっていた。出口から入り込む光がひしゃげた円柱や割れた床を照らし、真浩の声が荒んだ広間に空虚にこだまする。

真浩はすがるような眼差しを沙羅に向け、切々と訴えた。

「だが、異能の強さなんてじきに人の価値に関係がなくなる。ぼくがそういう世界を作るんだ。誰もが異能を持てば、逆に誰も異能を見なくなる。そこでは、何を成したかが重視される。革命者であるぼくが一番になるさ。沙羅にふさわしい男に」

語りの余韻は、冷え切った広間の空気をわずかに揺らす。

真浩は櫻子を人質に取っていることも忘れたのか、前のめりになって沙羅に宣言した。

「だから、その世界でもう一度、ぼくは沙羅に求婚する。そのときはきっと、受けてくれるか」

「あなたの妄言に付き合うつもりはないのだけれど」

恐ろしくばっさりと、伸びすぎた枝を切り落とすがごとく沙羅はぶった斬った。美しい顔は怒りに色を失くし、華奢な体をぶるぶると震わせている。

「真浩と結婚したくないのはね、あなたが私自身を見ないからよ。私がどうして静馬を好きになったかも知らないくせに！　あなたは一度でも私の絵を正面から見たことがあったかしら？」

「な……っ!?」

真浩が撃たれたような声をあげる。沙羅は真浩を睨めつけ、容赦なく続けた。

「何を成したかが重要？　わざわざ真浩が世界を変えなくったって、今の世の中だって同じだと思うけれど」

「違う！　それならなぜ、沙羅はぼくを見ない！　おかしいだろう！　ぼくは君を助けたこともあるし、君に有益な環境を整えようと申し出たのに！」

「それで私に、その下心に塗《まみ》れた慈悲をありがたがって受け取れというわけ？　感謝だけでは飽き足らず？　私の片目が見えないから？」

「そんなことは言っていない！　ぼくは沙羅が好きだから、この気持ちを受け取ってもらいたいだけだ！」

「その好意ですべてを許されようとする姿勢が醜いのよ。真浩がほかに何をしたのか考えてみたらどう？　自分の脳内に都合のいい百済原沙羅の似姿を描いて、私の親友に武器を突きつけて、危険な目に遭わせて。そんなこととする人間の価値ってどれくらいのものかしら」

沙羅は肩をすくめ、軽蔑しきったような一瞥をくれて断言した。

「一絵描きとして言わせてもらうけれど、真浩は本当にセンスないわ。──あなたの描く世界は美しくない」

広間がしんと静まり返る。櫻子の首筋に当たる刃がわなわなと震えて傷口をえぐった。痛みは激しさを増し、着物の襟が鉄臭い湿り気を帯びる。

だがその間にも、櫻子はずっと静馬を見つめ続けていた。声には出せないけれど目に精いっぱい力を込め、こう知らせたつもりだった。

──私に構わず、やってください。

それだけで、きっと過《あやま》たず伝わると信じて。

櫻子と静馬の積み重ねた時間には、それだけの重みがあると祈って。

静馬がわずかに顎を引いて、頷くような仕草を見せる。

次の瞬間、櫻子の頬を掠め、何か風のようなものが走り抜けた。「うぐっ」という呻きは背後であがる。返り血が櫻子にかかりそうになって、奇妙な軌跡を描いてあらぬ方へ飛んでいく。一瞬目を向けると、真浩は肩を撃ち抜かれて息を荒らげていた。

捕らえる腕の力が弱まる。途端、櫻子は力いっぱい駆け出していた。

「静馬さま！」

声を限りに叫ぶ。手首の縛めがほどけ、限界まで手を伸ばす。静馬も櫻子を抱き留めようとする。後ろからは追いすがる真浩の気配が迫った。袖を掴まれそうになって、慌てて腕を振り抜く。

このあとに起こることはわかっていた。

——だから櫻子は絶対に、静馬に触れていなければならなかった。

「沙羅はぼくを選ぶべきなのに!!」

背後で悲鳴じみた声が響く。声はひび割れ、裏返り、悲痛な調子だった。

沙羅の花のかんばせにはっきりと哀れみがよぎるのを、櫻子は目の隅にとらえた。

再び、時間が止まった。

凍りついた時間の中で、櫻子は息を弾ませていた。金庫を開けたときのことを思い出す。

櫻子の無能は、触れたものの異能を無効化できる。櫻子が静馬に触れさえすれば、静馬も異能の呪縛から逃れられるはずだった。

すぐ後ろから、足音が近づいてくる。靴底を擦《こす》るような重たい音がする。

「沙羅が俺を選ばないなら、もういい。もろとも死ね！」

この世のすべてを呪うような、子供の癇癪《かんしゃく》のような、耳障りな声が聞こえた刹那、櫻子の指先で静馬の人差し指が動いた。

「──貴様ごときの願いを叶えさせるものか」

着物越しに手首を強く掴まれ、櫻子は勢い良く静馬の腕に引き寄せられる。

すべてが動きを止めた世界の中、静馬は櫻子を腕に抱いて、真浩に対峙していた。

真浩の顔に驚愕が広がる。

「な、なぜ……」

「お前に説明する義理はないな。僕の妻を傷つけた人間を許すつもりはない」

静馬は冷ややかに告げる。その手元でバチバチと電撃が弾けた。櫻子が見たことのないほど明るく禍々しく爆ぜる光だった。

「その罪は、愛する女のいない地獄で償え」

スッと長い指が持ち上げられて、真浩に向けられる。真浩が悲鳴をあげて後ずさる。

「違うっ、違う、ぼくはっ、ただ沙羅を……っ」

静馬は眉一つ動かさない。返事さえよこさない。その価値はないとでもいうように。

指先から放たれた雷撃が、真浩の胸を正確に射抜いた。真浩は声すら立てられず、その場に倒れた。

再び時が動き出す。櫻子の髪に、そよ風が触れた。

知らぬ間に天井が一部破れ、そこから陽光が降り注いでいる。白々とした光がぐちゃぐちゃになった広間の様子と倒れ伏す真浩を照らしつけた。

真浩が夢見ていたにはほど遠いであろう、見るも無惨な光景だった。

呆然としていた櫻子は静馬に肩を揺すられて我に返る。

静馬がひどく心配そうに顔を歪めて、櫻子を覗き込んでいた。先ほどまで武器として真浩に向けられていた手が、今は櫻子の頬を労わるように包む。

「櫻子、無事……ではないな。すぐに病院へ」

「これくらい、何ともありませんよ」

「何ともないわけないだろう」

憤然として言い、静馬が櫻子をかき抱いた。

「心配で気が狂うかと思った。櫻子が攫われたのは僕の落ち度だ。詫《わ》びのしようもない」

櫻子を抱く腕にはしっかりと力が込められている。馴染んだ温もりを感じて櫻子の体から緊張が抜けていった。冷えた手足の先まで血が巡り、こわばりがほどけていく。

「本当に何てことはないのですよ。約束通り、助けに来てくださったではありませんか。それより指輪を……」

よろよろと懐に手を差し入れ、指輪を取り出した。日に照らした指輪には傷もついておらず櫻子はホッとする。

そうして静馬の左手を取って、薬指に指輪を嵌めた。自分の左手を隣に並べてみて、お揃いの指輪が輝いているのを確認する。知らず、淡い笑みが浮かんだ。

「お返しできて良かったです」

静馬は黙ったまま、しばらく左手を見つめていた。切れ長の双眸がわずかに見開かれ、言葉を堪えるように唇が結ばれる。

風穴の空いた天井から葉擦れの音が聞こえてきた。流れる謎の沈黙に、櫻子のこめかみに冷や汗が滲む。

(な、何か間違えたかしら……)

自分の行動を振り返り、しかし何も間違いなど見当たらず困惑する。

「あの、静馬さま」

「櫻子」

「はいっ」

「僕の指に指輪を嵌められるのは、この世で櫻子だけだ。——帰ってきてくれてありがとう」

静馬の顔にも柔らかな微笑が浮かぶ。花の開くような明るい笑みを得て、櫻子の胸にも温かいものが満ちていった。

もう一度、強く抱きしめられる。それにぎゅうっと抱きつき返し、静馬の胸元に頭を預けた。

「はい、ただいま戻りました」

聞こえる心臓の音が、どちらのものかわからない。大きな手のひらが櫻子の頭を優しく撫でる。その心地よさにそっと目を閉ざしたとき。

「……二人とも、私の存在をすっかり忘れているわよね？」

沙羅がからかい半分、心配半分といった様子で、やれやれと首を振った。

「わあっ！」

櫻子は慌てて静馬から離れようとする。けれど静馬は櫻子の腰を抱いて離さず、沙羅の方へ顔を向けた。

「忘れてはいないが。……沙羅も災難だったな。嫌な役目を担わせた」

「別にいいのよ。私の手で始末をつけなくちゃいけないことだったもの」

視線が真浩に向けられる。真浩はまだ意識もなく、仰向けに倒れ込んでいた。眼鏡が吹き飛びあらわになった素顔からは毒々しさが抜け、出会ったときのように純朴そうに映る。まるで彼は変わっていなくて、ひどい事件なんて起きていないみたいに。けれど紛れもなく、萩野真浩が〈啓示〉と手を組み、外つ国の人々に異能をばら撒いて暴走事件を引き起こしたのだ。犯した罪はもう消えない。

少しばかりの時間を過ごした櫻子が見ても胸が痛むのだから、沙羅はいかほどの心痛だろう。

そこで一つ思い出し、櫻子は慌てて沙羅に言った。

「あの、沙羅。そこに鎮石が落ちています。萩野さまが見つけたようです」

「ん、ああ、そうね……」

沙羅が祭壇の残骸へ歩み寄り、床から鎮石を取り上げる。

沙羅の手の中で、鎮石は相変わらずきらきらと透明な輝きを放っていた。

「これを守るのが、百済原家の人間としての務めだものね」

屋根の穴から空を仰いで沙羅が呟く。どこか遠くへいる人へ聞かせるような、静かな声色だった。

「沙羅……」

何と声をかけていいかわからず櫻子は呟く。思わず足を踏み出しかけた櫻子を、静馬がかぶりを振って引き留めた。

と、しんみりした静寂を賑やかな足音が破った。

「おーい静馬、ここから逃げ出した人間は全員参考人として捕まえたぞ」

「仁王路少佐も人使いが荒いですよー。あんなにたくさんのやつらが出てくるなんて思わないじゃないですかー」

「沙羅、無事か⁉　うわ、その手に持ってるやつ何だ⁉　鎮石か⁉」

井上、鞍田、晴良がどやどやと広間へ入ってくる。どうやら彼らは彼らで苦労があったらしく、どことなく服装がよれていて髪もボサボサだった。

静馬が三人に向かって頷きかける。

「主犯である萩野真浩は制圧した。身柄を拘束の上連れていけ」

「合点承知だ。ほら鞍田、足の方を持て」

「了解でーす。……って、何かこの被疑者、制圧のされ方がエグくないですか？　命に関わらないけど、めっちゃ痛い箇所を異能で撃ち抜かれてません？」

「鞍田、絶対に深追いしない方がいいぞ」

「あー、そういうことです？」

二人は言い合いながら手際よく真浩を拘束していく。その様子を見ていると、ふと疑問が口をついた。

「……どうして萩野さまは、私を人質に取ったりしたのでしょう。あれさえなければ、萩野さまは逃げおおせたのに」

　ずっと疑問だった。真浩の行動には合理性がない。自己陶酔した狂人なりに理屈を通していた真浩の、唯一の綻びだった。

　首をかしげる櫻子を、静馬が自らの方へ引き寄せた。

「さあ、今となっては本人にしかわからないな。だが」

　井上と鞍田が真浩を担ぐ。沙羅は晴良とともに、複雑そうな顔でそれを見下ろしていた。

「本当に沙羅を愛していたというなら……愛する女性の前で、その友人を殺めるという最後の一線だけは超えられなかったのかもしれない」

「誘拐しておいて、ですか？」

　櫻子は腑に落ちない。本当に愛しているというなら、沙羅を誘拐して危険に陥れるなんて真似をするだろうか。大切な相手を極寒の山小屋に放置するなんて嫌じゃないだろうか。少なくとも、櫻子は嫌だ。

　眉をひそめた櫻子の頭に、ぽんと静馬が手を乗せる。どこか子供をあやすような手つきだった。

「櫻子にはわからなくたっていい。僕も理解したいとは思わない」

「静馬さまはそんなこと、なさいませんからね」

「さてね。櫻子がほかの男に心を移したら、どうなるかはわからない」

あながち冗談でもなさそうな口ぶりだった。頭に乗せられた手をよいしょと外し、櫻子は静馬を見上げる。静馬は口の端を上げて微笑めいた表情を作っていたが、目は笑っていなかった。射抜くような鋭い視線にとらえられて、けれど櫻子はふっと笑う。

「では、そんなことはあり得ないので、気にする必要はありませんね」

答える声は朗らかだった。

世界がひっくり返ったってそんな事態は起こり得ない。それだけは自信を持って言えるから、ならば何も問題はない、と気楽に納得できた。

静馬がびっくりしたように瞬きをする。何か言いたげに口を開き、それから愛おしげに櫻子の前髪に口づけた。

「櫻子が言うならそうなんだろう」

「嬉しそうですね?」

「ご機嫌だ」

その言葉は嘘ではないらしく、静馬はふわりと櫻子を抱き上げる。急に足が地面から離れて、櫻子は小さく叫んで静馬の首にしがみついた。視点がやたら高い。

「あのっ、静馬さま、私は歩けますので下ろしていただければ」

「嫌だ。結局これが一番安全なんだ。隠谷にだって、鞄に詰めて連れてくればよかった」

「いやっ、でも、そのですね……？」

わちゃわちゃしている二人を、その場の面々が微笑ましげに眺める。

井上がニヤニヤしながら口火を切った。

「櫻子さんがいなくなったとわかったときの静馬、本当に怖かったからなー」

「見せてあげたかったわよ。この男が度を失っているさまをね」

「櫻子さんの追跡って絶対に俺の役目なんで、今のうちに何か私物をもらっておいた方がいいですかねー。うわ怖っ、仁王路少佐、睨まないでくださいよ」

口々にからかわれ、静馬は不機嫌そうに唸った。

「自分の命よりも大切な妻がいなくなったんだぞ。必死になって何が悪い」

「いえ、もう、その辺で……」

櫻子は真っ赤になった顔を深く伏せ、不用意に攫われるのはやめようと固く心に決めた。

皆が広間を出ていく。櫻子を抱えたままの静馬はそのあとに続こうとして、最後に足を止め、背後を振り返った。

そのときだった。空間を揺るがせて、透き通った声が降り落ちたのは。

「──仁王路静馬、久しぶりだね。会えて嬉しいよ」

広間に人影はなく気配さえ感じ取れない。だだっ広い空間だけが広がっている。

だが声は確実に二人の耳に届く。

櫻子を抱く腕に、ぎゅっと力が込められる。静馬が顔つきを引きしめ油断なく辺りに視線を走らせた。

「〈啓示〉か。お前、どこにいる」

「どこにでも。わたしはいつもみんなを見守っているよ。それがわたしの役目だから」

いつしか周囲から音が消えていた。先に出ていったはずの沙羅たちの話し声も聞こえない。世界から存在を切除されてしまったかのような寄る辺なさが櫻子を襲う。

不安に飲み込まれそうになる櫻子に、静馬が「大丈夫だ」と囁きかけた。その声の力強さに正気を取り戻し、櫻子は自分が呼吸すら止めていたことに気がついた。は、と口を開けて酸素を取り込む。くらくらしていた思考が落ち着いてきた。

静馬は険しい表情で天井を睨んだ。

「なぜ櫻子を付け狙う。お前の目的は何だ」

「わたしが本当に欲しいのは器のお前の方なのだけれど。でも、そうだね、無能の娘は邪魔なの。この娘の因果はわたしに仇《あだ》なすものだから」

「因果？　無能だから、ではなく？」

静馬の訝しげな返事に、きゃらきゃらと明るい笑い声がこだました。

「うん。無能なのはただの結果だから。仁王路静馬さえ手に入れば、無能の娘はどうでもいいと思っていたけれど、ずっとわたしの邪魔をするから、やっぱり血には抗えないのだね。懐かしい顔だ。今はサガラというのでしょう。名前、少しだけれど覚えたよ」

「……血？」

櫻子は何とか話についていこうとしたが、さっぱりわからずぽかんとするほかない。

〈啓示〉の話からすると、相良家の血筋が重要なのだろうか。

しかし相良男爵家は本当に大した家ではないのだ。百済原伯爵家のような由緒正しい名家ではないし、陛下から重要な任務を賜ってもいない。どこにでもいる木っ端華族に過ぎない。

理解できないのは静馬も同様のようで、苦々しげに広間を睨み上げていた。

ふふふ、と笑い声が耳朶に触れる。こちらの困惑を置き去りに〈啓示〉は軽やかに告げた。

「ああ、もう時間だ。さようなら、またね」

それきり、声は途絶えた。

ずっと感じていた圧迫感が消えて櫻子は楽に呼吸できるようになる。大きく肩で息を吐くと、水面に顔を出したような解放感に包まれた。

静馬が少し顔を傾けて、櫻子の髪に頬を寄せる。

「……震えているな。恐ろしかったか」

「そう、ですか……？」

言われて初めて、自分が小刻みに震えていることを認識した。堪えきれずに歯が鳴る。無意識下で〈啓示〉の存在に呑まれていたらしい。

冷えた指先を握り込み、そっと目を上げて静馬を窺った。

「……静馬さまは、平気ですか？」

「何が？」

一方で静馬は平然としている。誰もいない広間を隅から隅まで見渡し、何か考えている様子だった。

そういえば、と思い至る。静馬は〈啓示〉とほとんど対等にやり合っているようだった。あんな不気味な存在とやり取りできるとはさすがだわ、と櫻子は内心舌を巻く。

「櫻子、君は」

「はい」

呼びかけられて顔を上向けた。静馬は無言で櫻子を注視していたが、ややあって首を横に振った。

「……いや、今言うことではないな。それよりも早く病院へ行こう。怪我がひどい。痛みはどうだ？」

「怪我には慣れていましたので」

「つまり痛むんだな？　どこだ」

「ええと、頭と首が少し。でも……〈啓示〉はよろしいのですか？」

踵を返しかけた静馬が爪先で留まった。忌々しげに広間を見やり、低く独りごつ。

「もう気配はない。どこかへ逃げたのだろうが……いずれまた会うことになる。そのときは迎え討ってやろう」

終章

皆で山を下りたあと。

萩野真浩は軍務局の手によって収監された。官兵に引っ立てられていく背中はやつれ、あの広間で見せた妙な威厳はどこにも見当たらなかった。

〈啓示〉との関係については、これから調査が入るとのことだ。事件後、隠谷に異能の暴走者は現れず、ひとまず平穏を取り戻している。

百済原家は鎮石を見つけ、無事に〈封部〉としての役割を全うできるようになった。

晴良が正式な当主に任命され、徐々に百済原家は落ち着き始めたという。自らに課せられた使命がはっきりしたためか、彼も心穏やかになったようだ。櫻子と静馬に対しても、丁寧に感謝が伝えられた。

そうして、沙羅は――。

「見て!! 公募展の結果よ!」

怪我の療養のために櫻子が過ごす仁王路家の別邸に、沙羅がやってきたのは数日後の昼下がり。

明日には帝都に帰るという日で、櫻子は静馬とともに座敷でくつろいでいるところだった。座卓を囲み、帝都に帰ったあとのことを話していたのだ。

「沙羅、いらっしゃいませ」

「勝手に入ってくるな……」

静馬が呆れたような半目で言うが、沙羅はどこ吹く風だ。「あら、どうせ異能で結界でも張ってるんでしょ？　私が不審者なら消し炭になるようなやつ」と肩をすくめ、座敷に上がり込む。「はい、これ手土産」と温泉まんじゅうを手渡すことも忘れない。

櫻子は渡されたまんじゅうを取り分けながら沙羅に尋ねた。

「それで、どうしたのですか？　公募展の結果？」

「そうよ！　これ！　ほら！　金賞！」

「金賞？」

沙羅が差し出した書状には、公募展の主催者の名前とともに、彼女の作品が金賞――公募展で最も優れた作品に与えられる賞だ――を獲得した旨が記されている。

上から下まで読んで、下から上に読み直して、櫻子はぱっと目を輝かせた。

「すごいです！　おめでとうございます！」

「ふふん、もっと褒めてもいいのよ？」

犬ならば尻尾をブンブン振り回しているであろう沙羅の勢いに櫻子は一瞬気圧され、しかし友の吉事だと懸命に喝采を送った。

「えっ？　ええっと……さすが沙羅！　世界一！」

「もっと言って！」

「えっと、えーっと、私の親友！」

「その通り！」

沙羅に抱きつかれる櫻子の手から、静馬が書状を取り上げた。サッと目を通し、

「……すごいな。賞金に加え、海外留学、個展開催の権利までつくのか」

「ええそうよ。至間國で最大の公募展だもの。すでに何件か画廊からの話も来ているの。……私は、画家としてやっと始まりに立てそうだわ」

眦を決して沙羅が言う。その腕にぎゅむぎゅむと押し潰されながら、櫻子は首をかしげた。

「このことは、ご家族もご存じなのですか？」

「もちろん。兄様とも話し合って、私は結婚しなくてもよくなったわ。鎮石のこともわかったし、私が百済原家の者としての務めを忘れたわけじゃないことが伝わったみたい」

沙羅が麗しく微笑む。その笑顔には初めて出会った頃の高慢さは欠片もなく、代わりに自分の道を邁進《まいしん》する人間の誇り高さが現れていた。

「良かった……」

櫻子もつられて笑顔になってしまう。

「これも櫻子のおかげよ。私を受け入れてくれて、お父さまの遺品を開けてくれて。私一人じゃ、絶対にこんな顛末にはならなかったもの。本当にありがとう」

「沙羅の行いの結果ですよ。それこそ、私が勇気を出そうと思えたのは沙羅のおかげですから」

本心からそう答えると、なぜか沙羅が口を尖《とが》らせてくるっと静馬に顔を向けた。

「ねえ静馬。あなたのお嫁さん、素直に感謝を受け取ってくれないのだけれど」

「櫻子だからな。気にせず全部渡すといい。そのうち一杯一杯になるが、それくらいでちょうどいいんだ。僕はいつもそうしている」

「ああ、そういう感じね。了解したわ」

「……うん？　何か不穏なこと仰ってますか？」

何らかの同盟が結ばれたような気がして、櫻子は眉を上げる。けれど麗人二人は揃って綺麗な笑みを作り、「いや、何も？」「櫻子は気にすることないわ」と首を振る。

絶対怪しい、と思いつつ、この二人相手に追及は不可能だったので、まあいいか、と櫻子は気を取り直した。

「沙羅はこれからどうするのですか？　いつまでも隠谷にいるわけではないですよね？」

「そうねえ、まだ考え中だけど、一旦は帝都へ戻るかも。今回の一時帰國の手続きや、教授に挨拶もしなくてはいけないし。それでしばらくしたら海外で武者修行、って感じね」

自分の将来を話す沙羅は眩く輝いて見えて、櫻子は目を細くした。でも、少しも胸はざわつかない。素直に喜ばしく思える。

「応援しておりますね。個展を開催するときは教えてください。必ず伺います」

「ありがとう、一番に知らせるわ」

沙羅は静馬から書状を回収して、すっくと立ち上がった。座布団の上に座る櫻子と静馬を順に眺め、びしりと指を突きつける。

障子窓からあふれる日差しが、沙羅の輪郭を明るく縁取った。

「私はいつか、至間で一番有名な画家になるわ。——そのときには、二人の絵を描かせて頂戴。私の大切な人たちをモデルにすれば、きっと世界で一番美しい絵になるはずだから」

自信満々に言い切って、照れくさそうにはにかむ。櫻子は胸がいっぱいになって、ただ頷くことしかできなかった。

——そんな約束を交わして、櫻子は沙羅と別れたのだった。


隠谷から帝都へ向かう列車の中で。

蒸気でうっすら曇った窓を見るともなく眺めながら、櫻子は隠谷での日々を思い返していた。帰るとなると気が抜けたのか、席の肘掛けにもたれてぼんやりしてしまう。

「櫻子、何か気がかりなことでもあるのか」

隣席に腰かけた静馬が、気遣わしげに声をかけてくる。急な旅だった行きとは違い、帰路においては抜かりなく静馬が一等車を確保したため、二人は悠々と個室席を使っていた。

席とは思えぬほどの広々とした部屋で、大きな窓のそばに座り心地の良い絹張りの長椅子が二脚向かい合って据えられている。

窓際の席を譲ってもらったのは嬉しいけれども、静馬を見上げると、どうしてこんなに広い部屋なのにこの方は隣に座るのだろう?とちょっと不思議だった。好きな人が近くにいるので密かにドキドキしている櫻子だったが、それはそれとして狭くはないだろうかと眉が曇る。気がかりといえばそれだ。

「いえ、大丈夫です。ただ色々あったなと思って、少し考え事を」

「ああ……そうだな。特に櫻子は大変なことに巻き込まれただろう」

納得したように静馬が諾《うべな》う。そして、すっと櫻子の首筋に触れた。長い指が皮膚の薄い場所をかすめる感触がこそばゆい。

「怪我はもう平気か」

「すっかり良くなりました。傷痕も残っていませんよ」

ニコニコと答える櫻子に静馬は指を引っ込めた。腕組みをして、背もたれに身を預ける。

「良い旅だったか？」

「はい、とても。生まれて初めて親友ができて、静馬さまとも過ごせて、夢みたいでした」

「なら、いい」

そう微笑し、櫻子の足元に置いてある荷物に目を留める。風呂敷に覆われた平べったい長方形の包みが目立っていた。

「さっきから気になっていたが、それは何だ？」

「別れ際に沙羅にもらったのです」

櫻子は風呂敷をはらりとほどく。百済原家の庭で描いた絵が、彩色されて額縁に収められていた。縁側に座った櫻子がこちらを向いて微笑んでいる。

隠谷の駅まで見送りに来てくれた沙羅に『私からのプレゼントよ。どこかに飾りなさいな。美しいものは、この世にどれだけ増えてもいいのだから』と手渡されたのだ。

自分の描かれた絵というのも気恥ずかしいが、この絵があればいつだって隠谷での出来事を思い出せるに違いなかった。

静馬が額縁を手に取り、眦をやわらげる。

「よく描けているな。櫻子の可憐さを捉えている」

「沙羅の技量が優れているから、際立って映るのですよ」

「絵において沙羅は嘘をつかない。あいつの目にはこう映っているんだろう」

まっすぐ言い切られると反論しにくい。櫻子は静馬から額縁を返してもらい、まじまじと見直す。絵の中の少女は、今、列車の窓におぼろに映る櫻子よりも五割増しで綺麗に見える。

こんな女の子だと、沙羅は櫻子を思ってくれているのだろうか。

何とはなしに照れくさくなって櫻子は話を変えた。

「幼い頃、静馬さまが沙羅の絵を褒めなければ、この絵は生まれなかったかもしれませんね」

「……何の話だ？」

不思議そうに首をかしげる静馬に櫻子はおやっと眉を上げた。どうやら沙羅は、自らの恋の始まりを想い人には秘めていたらしい。

「ええと、私が言っていいのか迷うのですが……」

沙羅にとっては踏ん切りをつけた恋とはいえ、櫻子がぺらぺら話すのも良くないだろう。恋に落ちた云々《うんぬん》は抜きにして、過去の事実だけを端的に伝えた。

真剣に話を聞き終えた静馬は、こめかみに手を当て、何事か思い出そうとするそぶりで「……そんなこともあったな」と懐かしげに呟いた。おそらく彼の中でも、そう悪くはない思い出の一葉なのだろうと思わせる和やかさだった。

櫻子も微笑む。沙羅の恋は実らなかったが、恋ばかりが実ではない。画家・百済原沙羅の誕生秘話として、これはこれで華麗な花だろう。

そして何より、もはや櫻子の手の及ばない過去において、静馬にそんな顔で思い返せる記憶が存在するのが嬉しかった。大切な人の頭の中にある嫌な思い出なんて一つでも少ない方がいい。

「もとをたどれば、静馬さまのおかげで私に親友ができたとも言えますね。縁とは不思議なものです」

「だとしても、その縁をつないだのは櫻子の力だ。誇らしいな」

褒められて、櫻子は反射的に否定する。

「そんなことは……」

ない、と言いかけて、打ち消すのも違う気がして口ごもる。親友になってくれた沙羅と、櫻子を認めてくれる静馬。双方に失礼ではないだろうか。

あれこれ考えたあげく、櫻子はぎゅっと額縁を抱きしめ、こくんと頷いた。

「は、はい。そう……かもしれません」

ちらっと横目に窺うと静馬はこちらを安心させるように頷きかけてくれた。それで櫻子も肩の力を抜き、額縁を大切に包み直してもとの位置に戻す。

ガタンゴトンと規則的な列車の揺れが心地良い。車窓の向こうには雪深い木立が延々と連なっている。白と黒ばかりの景色を見ているとなんだか眠気が忍び寄ってきて、こっそり目をこすった。

「疲れたか？」

ふ、と静馬が片笑み、櫻子の肩を引き寄せた。そのまま迷いなく自分にもたれかからせる。半身に体温を感じて、平和な眠気が吹き飛んでいった。

「あ、あのっ」

「何か問題が？」

「えっと、私は平気ですから……」

隣同士に座ったのはこのためだったのか、と思い及ぶ。

勝負は列車に乗ったときから始まっていたのだ。無防備に一撃を食らった櫻子は硬直したまま首だけを横に振った。

「帝都はまだ先だ。気にせず眠るといい」

静馬はいたって落ち着いており、声にも動揺は見られない。急な接近に鼓動を速める櫻子とは正反対だった。

「し、静馬さまを差し置いて私だけ寝るわけには参りません」

旅の話し相手くらいは務まるだろう。そもそもとうに眠たくなんてないし、こんな状況で呑気に眠れるわけもなかった。

だが静馬は断固として譲らない。

「隠谷ではずっと櫻子が心配で、気が気でなかった。休めるときには休んでほしい」

「ですが……」

確かに旅の疲れが出たのか、少しだけ倦怠感《けんたいかん》がある。けれどもう一つ、櫻子にはここで眠りたくないわけがあった。

「隠谷での出来事は、何もかもが夢みたいだったので」

ぽつりと呟く。列車がトンネルに入って窓の外が暗くなった。室内の壁灯がぱっと点き、部屋を柔らかな光で満たす。

今度はくっきりと櫻子の横顔が窓硝子《まどがらす》に映し出された。うつむきがちで、迷子みたいな頼りない風情だった。

「眠ってしまったら、全部なくなってしまうのではないかと思って」

子供みたいだわ、と羞恥に顔が熱くなる。やはり疲れているのかもしれない。普段なら絶対にこんな甘えたことは言わないし、言えない。

静馬が虚を衝かれたように瞬いた。しかしすぐに顔つきを緩め、優しく櫻子の頭を抱え込む。

「夢じゃない。すべて櫻子が手に入れたものだ。それに、起きたらもっと良いことはたくさんある」

静馬にそう言われると無条件に信じられた。櫻子は抗うことなく瞼を下ろす。しばらく心臓が早鐘を打っていたが、やがて隣の体温に平静を取り戻して、ゆるゆると眠りに落ちていった。

（……ああ、そういえば）

意識が完全に闇に沈む寸前、思い出す。

（一つだけ確実に、とても楽しみな約束があったのだわ）

目元に柔らかな感覚が触れる。優しい眠りに導くおまじないのようだった。


そんなふうに帝都の仁王路本邸に帰宅して、二週間と少し経った日の朝。

「……あの、霞さん。私の恰好、おかしくないでしょうか」

「何を仰いますやら。奥様付きの女中である、この霞小鞠が太鼓判を押したのですよ。おかしいはずないではありませんか！」

「そ、そうですよね。いえ、疑っているわけではないのですが……」

自室にて、櫻子は姿見に映った己の全身を眺め、そわそわしていた。

鏡の中の櫻子は南天柄の紅絹色の小紋をまとっていた。黒地の袋帯が全体を引きしめ、櫻子を大人びて見せている……ような気がする。髪はリボンで結われていた。

小鞠が両頬を押さえてうっとりと言う。

「奥様もやっと当主様とデートへ行けるのですものね。しかも今日は当主様のお誕生日！　楽しんできてくださいね！」

「はい。えへへ……」

思わず櫻子の頬も緩んでしまう。日々多忙を極める静馬であるが、なんとか休みを確保し、本日の逢引《あいび》きと相成ったのである。

そのとき自室の扉が外から叩かれた。「お入りください」と声をかけると、一呼吸置いてから開かれる。

「櫻子、用意はできたか」

顔を覗かせたのは静馬だった。整えた髪に洋装がよく似合っている。毎日ともに過ごしているはずの櫻子が思わず息を呑んで見惚れてしまうほどだった。

だが静馬は静馬で、櫻子を見据えたまま入り口から動こうとしない。

「はい、あの、準備できました。どうでしょうか？」

「…………」

「な、何か仰っていただけるとありがたいのですが……」

そこでやっと、静馬が部屋に足を踏み入れた。櫻子のそばまでやってきてまじまじと観察し、大きく息を吐き出したかと思うと、

「綺麗とか、似合っているとか、そういうありきたりの言葉しか浮かばない。……なぜか本当に、恐ろしいほどいつにも増して可愛く見える。何かしたか？」

「いつも通りです。もしや、視力に異常が……？」

「僕は病状を知らせたわけじゃない」

「奥様。私の目からも、今日の奥様の輝きはひとしおですよ。ちなみに今日は、頬紅をいつもより薄いものにしております。なぜかおわかりですか？」

控えめに差し入れられた小鞠の言葉に、櫻子はぶんぶんと首を横に振った。

「ちっともわかりません」

「当主様はおわかりですね？」

「まあ、今の櫻子の顔から予想はつく。かなり僕の願望が入った予想だが」

「ご賢察の通りかと存じますよ」

「あの、何のお話ですか？」

静馬と小鞠が訳知り顔で話を進めていくので、櫻子はつい口を挟んでしまった。姿見で自分の顔を確認してもいつも通りとしか思えない。とりわけ綺麗とも見えなかった。

静馬が小鞠と顔を見合わせる。それから口元を綻ばせ、弾んだ口調で指摘した。

「頬紅がいらないくらい、今日の櫻子はデートを楽しみにしている、ということだ」

「恋する乙女は綺麗になる、というやつですわね！」

「こ……っ」

櫻子は呟いたきり、二の句も継げなくなる。和やかな視線を向けてくる二人から顔をそらし、鏡の中の自分と目を合わせた。なるほど確かに、常よりも目がぱっちりと開いて頬の上気した自分がそこにはいた。

部屋には生ぬるい沈黙が広がる。静馬が微笑ましげな笑みを隠すように口元を片手で覆った。

「……どうやら、今日の私は」

櫻子はふーっと息を大きく吸い込む。そういえば、今日は朝からずっと鼓動が高鳴っていた。そういうことだったのか。

こめかみに両手を当て、弱々しく呟いた。

「とても浮かれており、使い物にならないようです……」

うふふ、と笑みをこぼし、小鞠が化粧道具を片づけて部屋をあとにする。

二人きりになった部屋の中、静馬が少し身を屈めて櫻子の顔を覗き込んだ。

「珍しい櫻子に会えて幸先がいいな」

窓から初春の明るい光が差し、白銀の髪をきらめかせる。その光彩を目で追った先、間近に寄せられた瞳に視線を捕らえられて、櫻子は頬に血が上るのを感じた。

「珍しい、でしょうか」

「ああ、楽しみにしているのはてっきり僕ばかりかと思っていたから」

「そんなわけありませんよ……⁉　私は、その、やっと静馬さまに誕生日の贈り物を差し上げられると張り切っていたのですから」

「……そうなのか」

静馬の唇が嬉しげに緩んだ。いつになく柔らかな笑顔を前にして、そうだ、と櫻子は思い出す。

「私は大切なことを言い忘れておりました」

「何を？」

静馬が小首をかしげる。その顔に向かって櫻子は微笑んだ。

「お誕生日、おめでとうございます」

胸元で手を重ね、いつもよりずっと速く脈打つ心臓を押さえて告げた。すぐ近くで静馬の両目が見開かれる。

「私と出会ってくださって、ありがとうございました。これからもずっと、おそばでお祝いさせてくださいね」

言い切ると、なんとなく気持ちが落ち着いてきた。

静馬と出会って、辛いばかりだった櫻子の日々は一変した。けれど困難のない人生などあり得ない。きっとこれから何度も問題にぶつかるだろう。

それでも、幸福な結末のその先を、櫻子は大切な人と歩いていくと決めたのだ。

静馬は櫻子の言葉を噛みしめるように、じっと黙っていた。やがて両腕を伸ばし、強く櫻子を抱擁する。耳元に、ふ、と吐息が触れた。

「櫻子こそ、僕の隣にいてくれてありがとう。君の祝福は永遠に僕のものだ。……決して手放すものか」

静馬は密やかに囁くと腕を解き、すぐに櫻子の左手を取った。こちらを見つめる顔は甘やかで、色とりどりの花束でも受け取ったかのように華やいでいた。

「それでは櫻子、一緒に行こうか」

返事の代わりに、櫻子は強く手を握り返す。

長い長い約束の、始まりの一つを果たすために。


〈了〉

あとがき

こんにちは、香月文香と申します。

『無能令嬢の契約結婚～未来に捧げる約束～』をお手に取っていただき、ありがとうございます。

なんと本シリーズも三巻まで続けることができました。これもひとえに、一巻や二巻を読んでくださった皆様のおかげです。本当にありがとうございます。

また、『noicomi』にてコミカライズも連載されております。

一巻のエピソードが、九条みに様の素敵な絵によって描かれております。今読むと、まだまだ距離が遠い櫻子と静馬の様子にしみじみしました。二人とも本当に仲良くなったなあ……。

さて、三巻は「櫻子、友達を作る編」となりました。といっても、友達作りも一筋縄ではいきません。

今回新たに登場した恋敵・沙羅は静馬の元婚約者。家族にも美貌にも家柄にも恵まれ、自己肯定感に満ち満ちた、櫻子とはおよそ対極にある存在です。そんな彼女と対峙することは、櫻子にとっては自分の輪郭を浮き彫りにされるようなある種の試練だったと思います。

とはいえ、一巻や二巻のいざこざを静馬とともに乗り越えてきた櫻子なら大丈夫でしょう。

あとはちょいちょい顔見せしている〈啓示〉。その正体は作者の脳内にはあるので、明らかにできる日が来ることを願っております。

最後にお礼を。編集部の皆様、担当編集様、校閲のご担当者様、本書に携わっていただいた全ての皆様、本当にお世話になりました。皆様のお力がなければ、本書を読者の皆様にお届けすることはできませんでした。

また一巻や二巻に引き続き、素敵な表紙を描いてくださった新井テル子様、本当にありがとうございます。櫻子も静馬も素晴らしくて、思わず見惚れてしまいます。

そして、本書を手に取ってくださった皆様へ、重ねてお礼を申し上げます。

もし、またお目にかかれましたら幸いです。

香月文香

この物語はフィクションです。実在の人物、団体等とは一切関係がありません。

香月文香先生へのファンレターのあて先
〒104-0031　東京都中央区京橋1-3-1　八重洲口大栄ビル7F
スターツ出版（株）書籍編集部 気付
香月文香先生

無能令嬢の契約結婚
～未来に捧げる約束～

2024年2月28日　初版第1刷発行

著　者　　香月文香　

発 行 人　　菊地修一
デザイン　　カバー　北國ヤヨイ（ucai）
　　　　　　フォーマット　西村弘美
発 行 所　　スターツ出版株式会社
　　　　　　〒104-0031
　　　　　　東京都中央区京橋1-3-1　八重洲口大栄ビル7F
　　　　　　TEL　03-6202-0386　（出版マーケティンググループ）
　　　　　　TEL　050-5538-5679（書店様向けご注文専用ダイヤル）
　　　　　　URL　https://starts-pub.jp/
印 刷 所　　大日本印刷株式会社

Printed in Japan

ISBN　978-4-8137-1550-4　C0193

スターツ出版文庫　好評発売中!!

『拝啓、私の恋した幽霊』　夏越《なごし》リイユ・著

幽霊が見える女子高生・叶生。ある夜、いきなり遭遇した幽霊・ユウに声をかけられる。彼は生前の記憶がないらしく、叶生は記憶を取り戻す手伝いをすることに。ユウはいつも心優しく、最初は彼を警戒していた叶生も、少しずつ惹かれていき…。決して結ばれないことはわかっているのに、気づくと恋をしていた。しかし、ある日を境にユウは突然叶生の前から姿を消してしまう。ユウには叶生ともう会えない“ある理由”があった。ユウの正体はまさかの人物で——。衝撃のラスト、温かい奇跡にきっと涙する。

ISBN978-4-8137-1534-4／定価726円（本体660円+税10%）

『愛を知らぬ令嬢と天狐様の政略結婚』　クレハ・著

幼き頃に母を亡くした名家の娘・真白。ある日突然、父に政略結婚が決まったことを告げられる。相手は伝説のあやかし・天狐を宿す名家・華宮の当主。過去嫁いだ娘は皆、即日逃げ出しているらしく、冷酷無慈悲な化け物であると噂かれていた。しかし、嫁入りした真白の前に現れたのは人外の美しさを持つ男、青葉。最初こそ真白を冷たく突き放すが、純粋無垢で真っすぐな真白に徐々に心を許していき…。いつも笑顔だが本当は母を亡くした悲しみを抱える真白、特別な存在であるが故に孤高の青葉。ふたりは“愛”で心の隙間を埋めていく。

ISBN978-4-8137-1536-8／定価671円（本体610円+税10%）

『黒龍の生贄は白き花嫁』　望月《もちづき》くらげ・著

色彩国では「彩の一族」に生まれた者が春夏秋冬の色を持ち、四季を司る。しかし一族で唯一色を持たない雪華は、無能の少女だった。出来損ないと虐げられてきた雪華が生かされてきたのは、すべてを黒に染める最強の能力を持つ黒龍、黒耀の贄となるため。16歳になった雪華は贄として崖に飛び込んだ——はずが、気づけばそこは美しい花々が咲き誇る龍の住まう国だった。「白き姫。今日からお前は黒龍である俺の花嫁だ」この世のものと思えぬ美しい姿の黒耀に、死ぬはずの運命だった色なしの雪華は“白き姫”と溺愛されて…⁉

ISBN978-4-8137-1538-2／定価682円（本体620円+税10%）

『偽りの男装少女は後宮の寵妃となる』　松藤《まつふじ》かるり・著

羊飼いの娘・瓔良は“ある異能”で後宮のピンチを救うため、宦官として潜入することを命じられる。男装し、やってきた後宮で仕えるのは冷酷無慈悲と噂の皇帝・風駕。しかし、何故か風駕は宦官である瓔良だけに過保護な優しさを見せ…。まるで女性かのように扱い好意を露わにした。彼に惹かれていく瓔良。自分は同性として慕われているだけにすぎない、と自身に言い聞かせるが、風駕の溺愛は止まらず…。まさか男装がバレている⁉「お前が愛しくてたまらない」中華風ラブファンタジー。

ISBN978-4-8137-1537-5／定価715円（本体650円+税10%）